AF156126

Romain Rolland

Pierre et Luce

Copyright © 2022 by Culturea
Édition : Culturea 34980 (Hérault)
Impression : BOD - In de Tarpen 42, Norderstedt (Allemagne)
ISBN : 9782382745014
Dépôt légal : Septembre 2022
Tous droits réservés pour tous pays

À Mori

Pacis Amor Deus
(PROPERCE)

Durée du récit :
Du mercredi soir 30 janvier au
Vendredi Saint 29 mars 1918,

Pierre s'engouffra dans le Métro. Foule brutale et fiévreuse. Debout, près de l'entrée, serré dans un banc de corps humains et partageant l'air lourd qui passait par leurs bouches, il regardait sans les voir les voûtes noires et grondantes sur lesquelles glissaient les prunelles luisantes du train. En son esprit étaient les mêmes ombres, les mêmes lueurs, dures et trépidantes. Étouffant dans le collet de son pardessus relevé, les bras collés au corps et les lèvres serrées, le front moite de sueur et, par moments, glacé par une bouffée du dehors quand la portière s'ouvrait, il tâchait de ne pas voir, il tâchait de ne pas respirer, il tâchait de ne pas penser, il tâchait de ne pas vivre. Le cœur de ce jeune garçon de dix-huit ans, presque un enfant encore, était plein d'un obscur désespoir. Au-dessus de lui, au-dessus des ténèbres de ces voûtes, de ce trou de rat où filait le monstre métallique, grouillant de larves humaines, – était Paris, la neige, la nuit froide de janvier, le cauchemar de la vie et de la mort, – la guerre.

La guerre. Il y avait quatre ans qu'elle s'était installée. Elle avait pesé sur son adolescence. Elle l'avait surpris dans cette crise morale, où l'éphèbe, inquiet de l'éveil de ses sens, découvre avec saisissement les forces bestiales, aveugles, écrasantes de la vie dont il est la proie, sans avoir demandé à vivre. Et s'il est de nature délicate, de cœur tendre, de corps frêle, comme Pierre, il éprouve un dégoût, une horreur, qu'il n'ose confier aux autres, pour ces brutalités, ces saletés, ces non-sens de la nature féconde et dévorante, – cette truie en gésine, qui mange sa ventrée. – Dans tout adolescent, de seize à dix-huit ans, est un peu de l'âme d'Hamlet. Ne lui demandez pas de comprendre la guerre ! (Bon pour vous, hommes rassis !) Il a bien assez à faire de comprendre la vie et de lui pardonner. D'habitude, il se terre dans le rêve et dans l'art, jusqu'à ce qu'il soit habitué à son incarnation et que la nymphe ait achevé, de la larve à l'insecte, son angoissant passage. Qu'il a besoin de paix et de recueillement en ces jours d'avril trouble de la vie mûrissante ! Mais on vient le chercher au fond de sa retraite, on l'arrache de l'ombre, tout tendre en sa peau nouvelle, on le jette à l'air cru, dans la dure espèce humaine, dont il doit, sur-le-champ, épouser sans comprendre, sans comprendre expier les folies et les haines.

Pierre était appelé avec ceux de sa classe, les enfants de dix-huit ans. Dans six mois la patrie avait besoin de sa chair. La guerre la réclamait.

2

Six mois de répit. Six mois ! Si du moins, d'ici là, on pouvait ne pas penser ! Rester dans ce souterrain ! Ne plus revoir le jour cruel !…

Il s'enfonça dans l'ombre, avec le train qui fuyait, et il ferma les yeux…

Lorsqu'il les rouvrit, – à quelques pas de lui, séparée par deux corps étrangers, était une jeune fille, qui venait de monter. D'abord, il ne vit d'elle que le délicat profil, sous l'ombre du chapeau, une boucle blonde sur la joue un peu maigre, une lumière posée sur la suave pommette, la ligne fine du nez et de la lèvre retroussée, et la bouche entrouverte qui palpitait encore de la course pressée. Par la porte de ses yeux, en son cœur elle entra, elle entra tout entière ; et la porte se referma. Les bruits du dehors se turent. Le silence. La paix. Elle était là.

Elle ne le regardait pas Elle ne savait même pas encore qu'il existât. Et elle était en lui ! Il tenait son image, muette, blottie en ses bras, et n'osait respirer, de peur que son souffle ne l'effleurât…

À la station suivante, une bousculade. Les gens se ruaient en criant dans le wagon déjà plein. Pierre se trouva poussé, porté par la vague humaine. Au-dessus de la voûte, sur la Ville, là-haut, des détonations sourdes. Le train repartit. À cet instant, un nomme affolé, qui se couvrait le visage de ses mains, descendait l'escalier de la station et vint rouler en bas. On eut encore le temps de Voir le sang qui coulait au travers de ses doigts… Le tunnel et la nuit, de nouveau… Dans le wagon, des cris d'effroi : « Les Gothas sont venus !… » Dans l'émotion commune qui fondait en un seul ces corps entassés, sa main avait saisi la main qui le frôlait. Et quand il leva les yeux, il vit que c'était Elle.

Elle ne se dégagea point. À la pression de ses doigts, les doigts répondaient émus, un peu crispés, et puis s'abandonnèrent doux, brûlants, sans bouger. Ils restèrent ainsi, dans l'ombre protectrice, leurs mains comme deux oiseaux blottis dans le même nid ; et le sang de leur cœur coulait, en un seul flot, par la chaleur des paumes. Ils ne se dirent pas un mot. Ils ne firent pas un geste. Sa bouche effleurait presque la boucle sur la joue et le bout de l'oreille. Elle ne le regardait pas. À deux stations de là, elle se délia de lui qui ne la retenait pas, glissa entre les corps, partit sans l'avoir vu.

Quand elle eut disparu, il pensa à la suivre… Trop tard. Le train roulait. À l'arrêt qui suivit, il remonta à la surface. Il retrouva l'air nocturne, le frôlement invisible de quelques plumes de neige, et la

3

Ville, effrayée amusée de sa peur, sur laquelle très haut, planaient les oiseaux guerriers. Mais il ne voyait rien que celle qui était en lui ; et il rentra, tenant la main de l'inconnue.

Pierre Aubier habitait chez ses parents, près du square de Cluny. Son père était magistrat ; son frère, plus âgé de six ans, s'était engagé, au début de la guerre. Bonne famille bourgeoise, bien française, braves gens affectueux et humains, n'ayant jamais osé penser par eux-mêmes, et, très probablement, ne se doutant même pas de ce que cela pouvait être. Profondément honnête, ayant une haute idée des devoirs de sa charge, le président Aubier eût rejeté, indigné, comme la suprême injure, le soupçon que ses jugements pussent être dictés par d'autres considérations que celles de l'équité et la voix de sa conscience. Mais la voix de sa conscience n'avait jamais parlé (disons mieux : chuchoté) contre le gouvernement. Elle était née fonctionnaire. Elle pensait en fonction de l'État, variable, mai infaillible. Les pouvoirs établis se revêtaient pour lui d'une évidence sacrée. Il admirait sincèrement les âmes de bronze, les grands magistrats libres et inflexibles du passé ; et peut-être secrètement se croyait-il de leur lignée. C'était un tout petit Michel de l'Hospital, sur qui avait passé un siècle de servitude républicaine. – Quant à Madame Aubier, elle était aussi bonne chrétienne que son mari était bon républicain. Aussi sincèrement, honnêtement qu'il se faisait l'instrument docile du pouvoir contre toute liberté qui ne fût pas officielle, elle mêlait ses prières, en toute pureté de cœur, aux vœux homicides que formaient pour la guerre, en chaque pays d'Europe, les prêtres catholiques, les pasteurs protestants, les rabbins et les popes, les feuilles et les gens bienpensants de ce temps. – Et tous deux, père et mère, adoraient leurs enfants, n'avaient, en vrais Français, que pour eux d'affection profonde, essentielle, leur eussent tout sacrifié, et, pour faire comme les autres, les sacrifiaient sans hésiter. À qui ? Au dieu inconnu. En tous temps, Abraham a mené Isaac au bûcher. Et sa glorieuse folie reste encore un exemple pour la pauvre humanité.

À ce foyer de famille, comme c'est le cas souvent, l'affection était grande, et l'intimité nulle. Comment les pensées pourraient-elles se communiquer librement de l'un à l'autre, lorsque chacun évite de voir au fond de la sienne ? Quoi qu'on sente, on sait qu'il faut réserver certains dogmes ; et si c'est une gêne déjà quand les dogmes sont assez discrets pour rester dans leurs limites tracées (c'était le cas, en somme, pour ceux de l'au-delà), que dire lorsqu'ils prétendent se mêler à la vie, la régir tout entière, ainsi que font nos dogmes laïques et obligatoires !

5

Allez donc oublier le dogme de la Patrie ! La nouvelle religion faisait rétrograder à l'Ancien Testament. Elle ne se contentait pas de dévotions des lèvres et d'innocentes pratiques, hygiéniques, ridicules, comme la confession, le maigre du vendredi, le repos du dimanche, qui avaient excité la verve de nos « philosophes », aux temps où le peuple était libre, – sous les rois. Elle voulait tout, elle ne se satisfaisait pas de moins : l'homme tout entier, son corps, son sang, sa vie et sa pensée. Son sang surtout. Depuis les Aztèques du Mexique, jamais la divinité ne s'était ainsi gorgée. Il serait profondément injuste de dire que les croyants n'en souffraient pas. Ils souffraient, mais croyaient. Ô mes pauvres frères hommes, pour qui la souffrance même est une preuve du divin !… M. et Mme Aubier souffraient comme les autres, et, comme les autres, adoraient. Mais on ne pouvait demander à un adolescent cette abnégation du cœur, des sens et du bon sens. Pierre eût voulu comprendre au moins ce qui l'opprimait. Que de questions le brûlaient, qu'il ne pouvait pas dire ! Car le premier mot de toutes était : « Mais si je n'y crois pas ! » – Un blasphème déjà. – Non, il ne pouvait parler. Ils l'eussent regardé, avec une stupeur effrayée, indignée, avec peine, avec honte. Et comme il était à cet âge plastique, où l'âme, d'écorce trop tendre, se ride aux moindres souffles qui viennent du dehors et, sous leurs doigts furtifs, se modèle en frémissant, il se sentait d'avance, lui-même, triste et honteux. Ah ! comme ils croyaient tous ! (Mais est-ce qu'ils croyaient, tous ?) Comment faisaient-ils donc ? – On n'osait le demander. À ne pas croire, seul, au milieu de tous qui croient, on est comme quelqu'un à qui manque un organe, peut-être superflu, mais que tous les autres ont ; et rougissant, on cache aux yeux sa nudité.

Le seul qui pût comprendre les angoisses du jeune garçon était son frère aîné. Pierre avait pour Philippe cette adoration, qu'ont souvent les petits (mais qu'ils cachent jalousement) pour l'aîné, frère ou sœur, compagnon étranger, parfois même vision d'une heure, disparue, – qui réalise, à leurs yeux, le rêve tout ensemble de ce qu'ils voudraient être et de ce qu'ils voudraient aimer : ardeurs chastes et troubles de l'avenir aux courants mêlés. Le grand frère s'était aperçu de ce naïf hommage, et il en était flatté. Naguère, il tâchait de lire dans le cœur du petit et le lui expliquait, avec des ménagements : car, bien que plus robuste, il était, comme lui, de cette pâte fine qui, chez les meilleurs hommes, garde un peu de la femme, et qui n'en rougit pas. Mais la guerre était venue et l'avait arraché à sa vie de travail, à ses études de sciences, à ses rêves de vingt ans, et à l'intimité avec le jeune frère. Il avait tout laissé, dans l'idéalisme enivré du début, comme un grand oiseau fou, qui se lance dans l'espace, avec l'illusion héroïque et absurde que son bec et ses serres mettront fin à la guerre et restaureront sur terre le règne de la paix. Depuis, le grand oiseau était, deux ou trois fois, rentré au nid ; à chaque fois, hélas, un peu plus déplumé. Il était revenu de bien des illusions, mais il s'en trouvait trop mortifié pour le dire. Il avait honte d'y avoir cru. Sottise de n'avoir pas su voir la vie comme elle est ! Il s'acharnait maintenant à la désenchanter, et, quelle qu'elle fût, stoïque, à l'accepter. Il ne se châtiait pas seulement lui-même ; une souffrance mauvaise le poussait à châtier ses illusions dans le cœur du jeune frère, où il les retrouvait. Au premier retour, quand Pierre était accouru, brûlant de son âme emmurée, tout de suite il fut glacé par l'accueil de l'aîné, certes affectueux toujours, mais, avec, dans le ton, je ne sais quelle âpre ironie. Les questions qui se pressaient sur ses lèvres furent, à l'instant, refoulées. Philippe les voyait venir, et d'un mot, d'un regard, les fauchait. Après deux ou trois tentatives, Pierre, le cœur serré, se replia. Il ne reconnaissait plus son frère.

L'autre le reconnaissait trop. Il reconnaissait en lui ce que naguère il était et ce qu'il ne pouvait plus être. Il le lui faisait payer. Il en avait regret, après, mais il n'en montrait rien, et il recommençait. Tous deux souffraient ; et, par un malentendu trop fréquent, leur souffrance si proche, qui aurait dû les unir, les éloignait. La seule différence entre eux était que l'aîné la savait proche, et que Pierre se croyait seul avec elle, sans nul à qui s'ouvrir.

Que ne se tournait-il donc vers ceux de son âge, ses compagnons d'école ? Il eût semblé que ces adolescents auraient dû se resserrer et s'être mutuellement un appui. Mais il n'en était rien. Une triste fatalité les tenait au contraire épars, disséminés en petits groupes, et, même à l'intérieur de ces groupes minuscules, distants et réservés. Les plus vulgaires avaient, les yeux fermés, plongé, tête la première, dans le courant guerrier. Le plus grand nombre s'en écartaient, et ils ne se sentaient aucune attache avec les générations qui les avaient précédés ; ils ne partageaient en rien leurs passions, leurs espoirs et leurs haines ; ils assistaient à l'action frénétique, comme des hommes à jeun regardent ceux qui ont bu. Mais que pouvaient-ils contre elle ? Beaucoup avaient fondé de petites revues, dont la vie éphémère s'éteignait, aux premiers numéros, faute d'air ; la censure faisait le vide ; toute la pensée de France était sous la cloche pneumatique. Les plus distingués d'entre ces jeunes gens, trop faibles pour se révolter et trop fiers pour se plaindre, se savaient livrés d'avance au couteau de la guerre. En attendant leur tour à l'abattoir, ils regardaient et jugeaient en silence, chacun pour soi, avec un peu de mépris et beaucoup d'ironie. Par réaction dédaigneuse contre la mentalité du troupeau, ils s'étaient rejetés dans une sorte d'égotisme intellectuel et artistique, un sensualisme idéaliste, où le moi pourchassé revendiquait ses droits contre la communion humaine. Dérisoire communion, qui ne se manifestait à ces adolescents que sous les espèces du meurtre accompli et subi en commun ! Une expérience précoce avait flétri leurs illusions : ils avaient vu ce que valaient ces illusions chez leurs aînés, et qu'eux qui n'y croyaient pas, ils les payaient de leur vie. Leur confiance était atteinte en ceux même de leur âge, dans l'homme en général. Au reste, il en coûtait de se confier, en ce temps ! Chaque jour apprenait quelque dénonciation de pensées, d'entretiens intimes, par un mouchard patriotique, dont le pouvoir honorait et stimulait le zèle. Aussi, ces jeunes gens, par découragement, par dédain, par prudence, par sentiment stoïque de leur solitude d'esprit, se livraient peu les uns aux autres.

Pierre ne pouvait trouver chez eux l'Horatio, que cherchent les petits Hamlets de dix-huit ans. S'il avait horreur d'aliéner sa pensée à l'opinion publique (cette fille publique), il avait besoin de l'unir librement à des âmes de son choix. Il était trop tendre pour pouvoir se contenter de soi. Il souffrait de la souffrance universelle. Elle l'écrasait par sa somme de douleur, qu'il s'exagérait : – car si l'humanité la supporte, malgré tout, c'est qu'elle a le cuir plus dur que n'est la peau nouvelle d'un frêle adolescent. – Mais ce qu'il ne s'exagérait pas, et ce qui l'accablait encore plus que la souffrance du monde, c'en était l'imbécillité.

Ce n'est rien de souffrir, ce n'est rien de mourir, si l'on en voit le sens. Le sacrifice est bien, quand on comprend pourquoi. Mais quel est le sens du monde et de ses déchirements, pour un adolescent ? En quoi, s'il est sincère et sain, peut-il s'intéresser à la grossière mêlée des nations affrontées, comme des béliers stupides, au-dessus d'un

8

abîme où ils vont tous rouler ? La route était pourtant assez large pour tous. Pourquoi donc cette rage de se détruire soi-même ? Pourquoi ces patries d'orgueil, ces États de rapines, ces peuples auxquels on apprend le meurtre, comme un devoir ! Mais pourquoi la tuerie, partout entre les êtres ? Ce monde qui s'entremange ? Pourquoi le cauchemar de cette chaîne monstrueuse et sans fin de la vie, dont chacun des anneaux enfonce la mâchoire dans la nuque de l'autre, se repaît de sa chair, jouit de sa douleur, et vit de sa mort ? Pourquoi la lutte et pourquoi la douleur ? Pourquoi la mort ? Pourquoi la vie ? Pourquoi ? Pourquoi ?…

Ce soir, quand l'enfant rentra, le pourquoi s'était tu.

Rien n'avait changé, pourtant. Il était dans sa chambre, encombrée de papiers et de livres. Autour, les bruits familiers. Dans la rue, le clairon qui sonnait la fin de l'alerte. Dans l'escalier, le bavardage satisfait des locataires, remontant de la cave. À l'étage au-dessus, la promenade maniaque du vieux voisin, qui attendait depuis des mois son fils disparu. – Mais dans sa chambre n'étaient plus ses soucis embusqués, qu'il y avait laissés.

Il arrive parfois qu'un accord incomplet sonne, d'une façon rauque ; il laisse l'esprit inquiet, jusqu'au moment où une note s'y ajoute qui opère la fusion des éléments hostiles ou froidement étrangers, comme des visiteurs qui ne se connaissent point et attendent d'être présentés. Aussitôt, la glace est rompue, et l'harmonie coule d'un membre à l'autre. Cette chimie morale, un tiède et furtif contact venait de l'opérer. Pierre n'avait pas conscience de la cause du changement ; il ne songeait pas à l'analyser. Mais il sentait que l'hostilité habituelle des choses s'était brusquement amortie. Une douleur lancinante à la tête vous habite depuis des heures : soudain, on s'aperçoit qu'elle n'est plus là ; comment est-elle partie ? À peine si les tempes bourdonnent encore du souvenir… Pierre restait en défiance devant ce calme nouveau. Il le soupçonnait de cacher, sous une trêve passagère, un retour plus cruel du mal qui reprend haleine. Il connaissait déjà les répits que l'art procure. Quand pénètre en nos yeux la divine proportion des lignes et des couleurs, ou dans le creux voluptueux de la coquille sonore les beaux jeux variés des accords qui s'égrènent et se nouent, selon les lois des nombres harmonieux, la paix se fait en nous et la joie nous inonde. Mais c'est un rayonnement qui nous vient du dehors ; on dirait d'un soleil dont les feux lointains nous tiennent suspendus, fascinés, au-dessus de notre vie. Il ne dure qu'un temps ; et ensuite on retombe. L'art n'est jamais qu'un oubli passager du réel. Pierre, craintif, s'attendait à la même déception. – Mais le rayonnement, cette fois, venait du dedans. Rien de la vie n'était oublié. Mais tout s'harmonisait. Les souvenirs, les pensées nouvelles. Jusqu'aux objets, aux livres, aux papiers dans la chambre, s'animaient, reprenaient un intérêt qu'ils avaient perdu.

Depuis des mois, sa croissance intellectuelle était comprimée, comme un jeune arbre qui, en pleine floraison, est flétri par les « Saints de glace ». Il n'était pas de ces garçons pratiques qui profitaient des facilités universitaires accordées aux jeunes classes sur le point

10

d'être appelées, pour décrocher hâtivement un diplôme sous le regard indulgent des examinateurs. Pas davantage, il n'éprouvait l'avidité désespérée du jeune homme qui, voyant la mort prochaine, fait les bouchées doubles et dévore les connaissances, qu'il ne pourra jamais vérifier, dans la vie. Le sentiment perpétuel du vide qui était au bout, du vide qui était dessous, partout caché sous l'illusion cruelle et absurde du monde – coupait tous ses élans. Il se jetait sur un livre, sur une pensée, – puis s'arrêtait, découragé. À quoi cela mène-t-il ? À quoi bon apprendre ? À quoi bon s'enrichir, s'il faut tout perdre, tout laisser, si rien ne vous appartient ? Pour que l'activité, pour que la science ait un sens, il faut que la vie en ait un. Ce sens, nul effort de l'esprit, nulle supplication du cœur n'avait pu l'obtenir. – Et voici que, de soi-même, ce sens était venu… La vie avait un sens…

Quoi donc ? – Et cherchant d'où venait ce sourire intérieur, il vit la bouche entrouverte, sur laquelle sa bouche brûlait de se poser.

En temps ordinaire, cette muette fascination n'eût pas sans doute persisté. À cette heure de l'adolescence où l'on est amoureux de l'amour, on le voit dans tous les yeux ; le cœur avide et incertain le butine des uns aux autres ; et rien ne le presse de se fixer : il est au début de sa journée.

Mais la journée d'aujourd'hui serait brève : il fallait se presser.

Le cœur du jeune homme se hâtait d'autant plus qu'il était en retard. Les grandes villes qui, de loin, paraissent des solfatares fumantes de sensualité, abritent de fraîches âmes et des corps ingénus. Combien de jeunes hommes, de jeunes filles, qui respectent l'amour et gardent leurs sens vierges jusqu'au mariage ! Même dans les milieux raffinés, où la curiosité cérébrale est précocement excitée, que d'étranges ignorances se dissimulent sous les libres propos d'une jeune mondaine, ou de tel étudiant, qui connaît tout et ne sait rien ! Il y a dans le cœur de Paris des provinces naïves, de petits jardins de cloîtres, des puretés de sources. Paris se laisse trahir par sa littérature. Ceux qui parlent en son nom, ce sont les plus souillés. Et l'on sait trop, d'ailleurs, qu'un faux respect humain empêche souvent les purs d'avouer leur innocence. – Pierre ne connaissait pas encore l'amour ; et il était livré au premier de ses appels.

À l'enchantement de sa pensée, ceci s'ajoutait encore : que l'amour était né, sous l'aile de la mort. En cette minute d'émoi, où ils sentaient passer au-dessus de leurs têtes la menace des bombes, où la vision sanglante de l'homme mutilé leur saisissait le cœur, leurs doigts s'étaient cherchés ; et tous deux y avaient lu, en même temps que le frisson de la chair qui a peur, l'affectueux réconfort de l'ami inconnu. Fugitive pression ! L'une des mains, celle de l'homme, dit : « Appuie-toi sur moi ! » – Et l'autre, maternelle, refoulé sa propre crainte, pour dire : « Mon petit ! »

Rien de tout cela n'était parlé, ni ouï. Mais ce murmure intérieur remplit l'âme, bien mieux que les paroles, ce rideau de feuillage qui masque la pensée. Pierre se laissait bercer par ce bourdonnement. Tel le chant d'une guêpe dorée, qui flotte dans le clair-obscur de l'être. Ses jours s'engourdissaient dans sa langueur nouvelle. Le cœur solitaire et nu rêvait la chaleur du nid.

En ces premières semaines de février, Paris comptait ses ruines du dernier raid et léchait ses blessures. La presse, enfermée au chenil, aboyait aux représailles. Et, selon la parole de « l'Homme qui enchaînait », le pouvoir faisait la guerre aux Français. La saison des procès de trahison s'ouvrait. Le spectacle d'un misérable qui défendait sa tête, âprement réclamée par l'accusateur public, amusait le Tout-Paris, dont l'appétit de théâtre n'était pas rassasié par quatre années de guerre et dix millions de morts croulant dans la coulisse.

Mais l'adolescent restait uniquement absorbé par l'hôte mystérieux qui était venu le visiter. Étrange intensité de ces visions d'amour, imprimées au fond de la pensée, et cependant dénuées de contour ! Pierre eût été incapable de dire la forme des traits, ou la couleur des yeux, ou le dessin des lèvres. Il n'en pouvait retrouver que l'émotion en lui. Toutes ses tentatives pour préciser l'image n'aboutissaient qu'à la déformer. Il ne réussit pas mieux, lorsqu'il se mit à sa recherche dans les rues de Paris. À tout instant, il croyait la voir. C'était un sourire, une jeune nuque blanche, une lueur en des yeux. Et le sang lui battait au cœur. Il n'existait aucune, aucune ressemblance entre ces images fuyantes et l'image réelle qu'il cherchait et qu'il croyait aimer. Ne l'aimait-il donc pas ? Justement, il l'aimait ; et c'est pourquoi il la voyait partout, et sous toutes les formes. Car elle est tout sourire, toute lumière, toute vie. Et le dessin exact serait une limite. – Mais on veut cette limite, pour étreindre l'amour et pour le posséder.

Ne la revit-il plus jamais, il savait qu'elle était, elle était, et qu'elle était le nid. Dans l'ouragan, le port. Le phare dans la nuit. *Stella Maris, Amor*. Amour, veille sur nous, à l'heure de la mort !…

Sur le quai de la Seine, le long de l'institut, il passait, regardant distraitement l'étalage d'un des rares bouquinistes restés fidèles au poste. Il se trouvait au bas des marches du pont des Arts. Levant les yeux, il vit celle qu'il attendait. Un carton à dessin sous le bras, elle descendait les marches, comme une petite biche. Il ne réfléchit pas, l'ombre d'une seconde ; il s'élança à sa rencontre, et, tandis qu'il montait vers elle qui descendait, pour la première fois leurs regards se posèrent l'un sur l'autre et entrèrent. Et arrivé devant elle, s'arrêtant, il rougit. Et surprise, le voyant rougir, elle rougit. Avant qu'il eût repris souffle, le petit pas de biche avait déjà passé. Quand la force lui revint et qu'il put se tourner, sa robe disparaissait au tournant de l'arcade qui donne sur la rue de Seine. Il ne chercha pas à la suivre. Appuyé sur la rampe du pont, il voyait son regard dans le fleuve qui coulait. Pour quelque temps son cœur avait une pâture nouvelle… (Ô chers stupides adolescents !)…

Une semaine après, il flânait au jardin du Luxembourg, que remplissait le soleil de sa douceur dorée. En cette funèbre année, le radieux février ! Rêvant, les yeux ouverts, et ne sachant plus bien s'il rêvait ce qu'il voyait, ou voyait ce qu'il rêvait, dans une langueur avide, obscurément heureux, malheureux, amoureux, imbibé de tendresse autant que de soleil, il souriait en marchant, avec les yeux distraits, et ses lèvres remuaient sans qu'il le sût, disant des mots sans suite, un chant. Il regardait le sable ; et, comme le frôlement du vol d'un pigeon qui passe, il eut l'impression qu'un sourire venait de passer. Il se retourna, et vit qu'il venait de la croiser. Et juste à ce moment, sans cesser de marcher, elle retournait la tête, souriante, pour l'observer. Alors, il n'hésita plus, il vint à elle, les mains presque tendues, d'un élan si juvénile et naïf que naïvement elle attendit. Il ne s'excusa point. Ils n'avaient aucune gêne. Il leur semblait poursuivre un entretien commencé.

– Vous vous moquez de moi, dit-il ; vous avez bien raison !

– Je ne me moque pas. – (Sa voix, comme son pas, était vive et souple.) – Vous riiez tout seul ; j'ai ri, en vous voyant.

– Est-ce que je riais, vraiment ?

– Vous riez encore maintenant.

– Maintenant, je sais pourquoi.

Elle ne le lui demanda pas. Ils marchèrent ensemble. Ils étaient heureux.

– Le beau petit soleil ! dit-elle.

– Le printemps nouveau-né !

– C'est à lui, tout à l'heure, que vous faisiez risette ?

– Pas à lui seulement. Peut-être bien à vous.

– Petit menteur ! Vilain ! Vous ne me connaissez pas.

– Si l'on peut dire ! Nous nous sommes déjà vus, je ne sais combien de fois !

– Trois, en comptant celle-ci.

– Ah ! Vous vous souvenez !… Vous voyez que nous sommes de vieilles connaissances !

– Parlons-en !

– Je veux bien. C'est tout ce que je veux… Oh ! asseyons-nous là ! Un instant, voulez-vous ? Il fait si bon, au bord de l'eau !

(Ils étaient près de la fontaine de Galatée, que des maçons couvraient de bâches pour l'abriter contre les bombes.)

– Je ne peux pas, je vais manquer mon tram…

Elle dit l'heure. Il montra qu'elle avait plus de vingt-cinq minutes.

Oui, mais elle voulait d'abord acheter son goûter, au coin de la rue Racine, où il y a de bons petits pains. Il en sortit un de sa poche.

– Pas meilleurs que celui-ci… Est-ce que vous ne voulez pas ?…

Elle rit et hésita. Il le lui mit dans la main, et lui garda la main.

– Vous me ferez tant plaisir !… Venez, venez vous asseoir…

Il la mena à un banc au milieu de l'allée qui borde le bassin.

– J'ai encore autre chose…

Il tira de sa poche une tablette de chocolat.

– Gourmand !… Et quoi encore ?…

– Seulement, je suis honteux… il n'est pas enveloppé.

– Donnez, donnez !… C'est la guerre.

Il la regardait croquer.

– C'est bien la première fois, dit-il, que je pense que la guerre a du bon.

– Oh ! ne parlons pas d'elle ! C'est si tellement rasant !

– Oui, fit-il, enthousiaste, nous n'en parlerons jamais.

(L'air, subitement, venait de s'alléger).

– Regardez ces pierrots, dit-elle, qui prennent leur tub.

(Elle montrait les moineaux qui faisaient leur toilette sur le bord du bassin.)

– Mais alors, l'autre soir (il suivait sa pensée), l'autre soir, dans le métro, dites, vous m'avez donc vu ?

– Bien sûr.

– Mais jamais vous n'avez regardé de mon côté… Vous êtes restée tout le temps tournée vers l'autre côté !… Tenez, comme à présent…

(Il la voyait de profil, qui grignotait son pain, en regardant devant elle, avec des yeux malins.)

–… Regardez-moi un peu !… Qu'est-ce que vous regardez là-bas ?

Elle ne tourna pas la tête : Il lui prit la main droite, dont le gant, déchiré à l'index, montrait le bout du doigt.

– Qu'est-ce que vous regardez ?

– Vous qui regardez mon gant… Voulez-vous bien ne pas le déchirer davantage !

(Il était en train d'élargir distraitement l'ouverture.)

– Oh ! pardon !… Mais comment pouvez-vous voir ?

Elle ne répondit pas ; mais dans le profil moqueur, il vit le coin de l'œil qui riait.

– Ah ! rusée !

– C'est tout simple. Tout le monde fait ainsi.

– Moi, je ne pourrais pas.

– Essayez !… Vous louchez.

– Je ne pourrais jamais. Pourvoirai faut que je regarde, droit en face, bêtement.

– Mais non, pas si bêtement !

– Enfin ! Je vois vos yeux.

Ils se regardèrent, en riant doucement.

– Comment est votre nom ?

– Luce.

– Qu'il est joli, joli comme ce jour !

– Et le vôtre ?

– Pierre… Bien usagé.

– Un brave nom, qui a des yeux honnêtes et clairs.

– Comme les miens.

– Pour clairs, oui, ils le sont.

– C'est qu'ils regardent Luce.

16

– Luce !… On dit : « Mademoiselle ».

– Non.

– Non ?

(Il secoua la tête.)

– Vous n'êtes pas « Mademoiselle » Vous êtes Luce, et je suis Pierre.

Ils se tenaient la main ; et, sans se regarder, les yeux dans le bleu tendre du ciel entre les branches des arbres dépouillés, ils se turent. Le flot de leurs pensées, par leurs mains, se mêlait.

Elle dit :

– L'autre soir, on avait peur tous deux.

– Oui, dit-il, c'était bon.

(Plus tard, seulement, ils sourirent d'avoir exprimé, chacun, ce que l'autre songeait.)

Elle arracha sa main et se leva soudain, en entendant l'horloge.

– Oh ! je n'ai plus que le temps…

Ils allèrent ensemble de ce petit pas de course que les Parisiennes prennent si joliment, sans qu'à les voir trotter on pense à sa vitesse, tant il paraît aisé.

– Vous passez souvent ici ?

– Tous les jours. Mais plutôt de l'autre côté de la terrasse. (Elle montrait le jardin, les arbres de Watteau.) Je reviens du Musée.

(Il regarda le carton qu'elle portait.)

– Peintre ? demanda-t-il.

– Non, fit-elle, c'est un bien trop gros mot. Une petite bar bouillotte.

– Pourquoi ? Pour le plaisir ?

– Oh ! mais non ! Pour l'argent.

– Pour l'argent !

– C'est vilain, n'est-ce pas ? de faire de l'art pour de l'argent ?

– C'est étonnant surtout de gagner de l'argent, si l'on ne sait pas peindre.

– C'est justement pour cela. Je vous expliquerai, une autre fois.

– Une autre fois, à la fontaine, on goûtera encore.

– On verra. S'il fait beau.

– Mais vous viendrez plus tôt ? N'est-ce pas ?… Dites… Luce…

(Ils étaient à la station. Elle sauta sur le marchepied du tram.)

– Répondez, dites, petite lumière…

Elle ne répondit pas ; mais quand le tram partit, elle fit « oui » des paupières, et sur sa bouche, il lut, sans qu'elle parlât :

– Oui, Pierre.

Tous deux, en s'en allant, pensaient :

– C'est drôle, comme les gens ont l'air content, ce soir.

Et ils souriaient, sans vouloir se rendre compte de ce qui s'était passé. Ils savaient seulement qu'ils *l'*avaient, qu'ils *le* tenaient, et que *c'était* à eux. Quoi ? Rien. On est riche, ce soir !... En rentrant, ils se regardèrent dans la glace, comme on regarde un ami, avec des yeux affectueux. Ils se disaient : « Son regard était sur toi. » Ils se couchèrent de bonne heure, accablés, pourquoi donc ? d'une fatigue délicieuse. En se déshabillant, ils pensaient :

– Ce qui est bon maintenant, c'est qu'il y a demain.

Demain !… Ceux qui viendront après nous auront peine à se représenter ce que ce mot évoquait de désespoir muet et d'ennui sans fond, dans la quatrième année de guerre… Une telle lassitude ! Tant de fois les espoirs avaient été déçus ! Les centaines de demains se succédaient pareils à hier et aujourd'hui, tous également voués au néant et à l'attente, à l'attente du néant. Le temps n'avait plus de cours. L'année était comme un Styx, qui enserre la vie de son cercle aux eaux noires et grasses, avec de sombres moires, qui ne semblent plus couler. Demain ? Demain est mort.

Dans le cœur des deux enfants. Demain était ressuscité.

Demain les vit de nouveau assis auprès de la fontaine. Et les demains qui suivirent. Le beau temps favorisait ces très brèves rencontres, un peu moins brèves chaque jour. Chacun apportait son goûter, afin d'avoir le plaisir de l'échanger. Pierre attendait maintenant, à la porte du Musée. Il voulut voir ses œuvres. Bien qu'elle n'en fût pas fière, elle ne se fit nullement prier pour les montrer. C'étaient des reproductions en miniature de tableaux célèbres, ou de fragments de tableaux, un groupe, une figure, un buste. Pas trop désagréable, au premier regard, mais extrêmement lâché. Çà et là, des touches assez justes et jolies ; mais à côté, des incorrections d'écolier, étalant non seulement une ignorance élémentaire, mais une désinvolture parfaitement insouciante de ce qu'on pourrait penser. – « Baste ! Assez bon comme cela !… » – Luce disait le nom des tableaux reproduits. Pierre les connaissait trop. Sa figure se crispait, de déconvenue. Luce sentait qu'il n'était pas content ; mais elle mettait une bravoure à lui montrer tout, – et encore celui-là… Pan !… ce qu'elle avait de plus laid ! Elle gardait un sourire moqueur, qui était aussi bien à son adresse qu'à celle de Pierre ; mais elle ne s'avouait pas une pinçure de dépit. Pierre serrait les lèvres, pour ne pas parler. Mais à la fin, ce fut trop fort. Elle lui montra la copie d'un Raphaël de Florence.

– Mais ce ne sont pas les couleurs ! dit-il.

– Oh ! ce serait étonnant ! dit-elle. Je n'y ai pas été voir. J'ai pris une photo.

– Et est-ce qu'on ne vous dit rien ?

– Qui ? Les clients ? Ils n'y ont pas été voir, non plus… Et puis, quand ils auraient vu, ils n'y regardent pas de si près ! Le rouge, le vert, le bleu, ils n'y voient que du feu. Quelquefois, j'ai le modèle en couleur, mais je change les couleurs... Tenez, par exemple, ceci... (Un ange de Murillo.)

– Vous trouvez que c'est mieux ?

– Non, mais cela m'amusait... Et puis, c'était plus commode... Et puis, cela m'est égal. L'essentiel, c'est que ça se vende...

Sur cette dernière forfanterie ; elle s'arrêta, lui reprit les coloriages, et éclata de rire.

– Hein ! C'est encore plus laid que vous ne vous figuriez ?

Il dit, avec chagrin :

– Mais pourquoi, pourquoi faites-vous des choses pareilles ?

Elle regarda son visage consterné, avec un bon sourire d'ironie maternelle : ce cher petit bourgeois, pour qui tout avait été si aisé, et qui ne concevait pas qu'on fît des concessions pour...

Il redemandait :

– Pourquoi ? Dites pourquoi ?

(Il était tout penaud, comme si c'était lui, le peinturlureur !... Bon petit garçon ! Elle eût voulu l'embrasser... bien sagement, sur le front.)

Elle répondit doucement :

– Mais pour vivre.

Il en fut tout saisi. Il n'y avait pas songé.

– C'est compliqué, la vie, reprit-elle sur un ton léger et moqueur. Il faut d'abord manger, et manger tous les jours. On a dîné, le soir. Il faut recommencer le lendemain. Et il faut s'habiller. S'habiller tout, le corps, la tête, les mains, les pieds. Cela en fait de la vêture ! Et puis, payer pour tout. La vie, c'est de payer.

Pour la première fois, il vit ce qui avait échappé à la myopie de son amour : la fourrure modeste et, par endroits, déplumée, les bottines un peu usagées, les traces de gêne, que l'élégance naturelle d'une petite Parisienne fait oublier. Et son cœur se serra.

– Ah ! est-ce que je ne pourrais pas, est-ce que je ne pourrais pas vous aider ?

Elle s'écarta un peu et rougit :

– Non, non, fit-elle, contrariée ; il n'est pas question... Jamais... Je n'ai pas besoin...

– Mais je serais si heureux !

– Non... On ne parle plus de cela. Ou on ne serait plus amis...

– Nous le sommes, alors ?

– Oui. C'est-à-dire, si vous l'êtes encore, après que vous avez vu ces horreurs ?

– Bien sûr ! Ce n'est pas de votre faute.

– Mais ça vous fait de la peine ?

– Oh ! oui.

Elle rit, de contentement.

– Cela vous fait rire, méchante !

– Non, ce n'est pas méchant. Vous ne comprenez pas.

– Pourquoi riez-vous alors ?

– Je ne vous le dirai pas.

(Elle pensait : « Amour ! Que tu es gentil d'avoir de la peine, parce que j'ai fait quelque chose de laid ! »)

Elle dit :

– Vous êtes bon. Merci.

(Il la regardait avec des yeux étonnés.)

– Ne cherchez pas à comprendre, dit-elle, en lui tapant doucement sur la main… Là, causons d'autre chose…

– Oui… Un mot encore… Je voudrais pourtant savoir… Dites-moi (ne soyez pas blessée !)… Est-ce que vous êtes, en ce moment, un peu gênée ?

– Non, non, j'ai dit cela tout à l'heure, parce qu'il y a eu, quelquefois, de mauvais moments. Mais, maintenant, c'est mieux. Maman a trouvé une place, où elle est bien payée.

– Votre mère travaille ?

– Oui, dans une usine de munitions. On touche douze francs par jour. C'est la fortune.

– Dans une usine ! Une usine de guerre !

– Oui.

– Mais c'est affreux !

– Dame ! On prend ce qui s'offre !

– Luce, mais si vous, vous, on vous offrait ?…

– Moi, vous voyez bien, je barbouille… Ah ! vous voyez que j'ai raison de faire mes barbouillis !

– Mais s'il fallait gagner et qu'il n'y eût pas d'autre moyen que de travailler dans une de ces usines qui fabriquent des obus, est-ce que vous iriez ?

– S'il fallait gagner, et pas d'autre moyen ?… Mais bien sûr ! J'y courrais !

– Luce ! Pensez-vous à ce qu'on fait, là-dedans ?

– Non, je n'y pense pas.

– Tout ce qui fera souffrir, mourir, qui déchire, qui brûle, qui torture des êtres comme vous, comme moi…

Elle se mit la main sur la bouche, pour lui faire signe de se taire.

– Je sais, je sais tout cela, mais je ne veux pas y penser.

– Vous ne voulez pas y penser ?

– Non, dit-elle.

Et après un moment :

– Il faut vivre… Si on pense, on ne vit plus… Moi, je veux vivre, je veux vivre. Si on me force, pour vivre, à faire ceci, cela, est-ce que je vais me tourmenter pour ceci, pour cela ? Cela ne me regarde pas, ce n'est pas moi qui le veux. Si c'est mal, ce n'est pas ma faute à moi. Moi, ce que je veux n'est pas mal.

– Qu'est-ce que vous voulez ?

– Je veux vivre, d'abord.

– Vous aimez la vie ?

– Mais oui. Est-ce que j'ai tort ?

– Oh ! non, c'est si bon que vous viviez !

– Et vous, vous ne l'aimez pas ?

– Je ne l'aimais pas, jusqu'à…

– Jusqu'à ?

(La question ne demandait pas de réponse. Ils la connaissaient tous deux.)

Pierre, suivant sa pensée :

– Vous avez dit : « d'abord »… « Je veux vivre d'abord »… Et quoi, ensuite ? Qu'est-ce que vous voulez ?

– Je ne sais pas.

– Si, vous savez…

– Vous êtes très indiscret.

– Oui, très.

– Cela me gêne, de vous dire…

– Dites-le-moi, dans l'oreille. On ne l'entendra pas.

Elle sourit :

– Je voudrais… (elle hésita). Je voudrais *un petit peu* de bonheur…

(Ils étaient tout près l'un de l'autre.)

Elle continua :

– Est-ce que c'est trop demander ?… On m'a dit souvent que c'était égoïste ; et moi, je me dis quelquefois : « À quoi est-ce qu'on a droit ?… » Quand on voit tant de misères, tant de peines, autour de soi, on n'ose pas réclamer… Mais, malgré tout, mon cœur réclame et crie : « Si, j'ai droit, j'ai droit à un peu, à un petit peu de bonheur… » Dites-moi bien franchement : est-ce que c'est égoïste ? Vous trouvez cela mal ?

Il fut saisi d'une pitié infinie. Ce cri du cœur, ce pauvre petit cri naïf, le remua jusqu'à l'âme. Les larmes lui vinrent aux yeux. Côte à côte sur le banc, appuyés l'un sur l'autre, ils sentaient la chaleur de leurs jambes. Il eût voulu se tourner, la prendre dans ses bras. Il n'osait pas remuer, de peur de ne plus être maître de son émotion. Ils regardaient, immobiles, devant eux, à leurs pieds. Très vite, à voix ardente et basse, sans presque remuer les lèvres, il dit :

– Ô mon cher petit corps ! Ô mon cœur ! Je voudrais tenir vos petits pieds dans mes mains, sur ma bouche, je voudrais vous manger toute…

Sans bouger, et très vite et tout bas, comme lui, elle dit, pleine de trouble :

– Fou ! Petit fou !… Silence !… Je vous supplie…

Un promeneur âgé passa lentement devant eux. Ils sentaient leurs deux corps se fondre de tendresse…

Plus personne dans l'allée. Un moineau ébouriffé s'ébrouait dans le sable. La fontaine égrenait ses claires gouttelettes. Timidement, leurs visages se tournèrent l'un vers l'autre ; et à peine leurs regards se furent-ils touchés que, d'un élan d'oiseaux, leurs bouches se joignirent, peureuses et pressées, et puis elles s'envolèrent. Luce se leva, partit. Il s'était levé aussi. Elle lui dit : « Restez. »

Ils n'osaient plus se regarder. Il murmura : – Luce… Ce petit peu… Ce petit peu de bonheur… dites, maintenant, on l'a !

Le temps interrompit les goûters de la fontaine aux moineaux. Le brouillard vint voiler le soleil de février. Mais il ne pouvait éteindre celui qu'ils portaient dans le cœur. Ah ! il pouvait bien faire tous les temps qu'on voudrait : froid, chaud, pluie, vent, neige, ou soleil ! Ce serait toujours très bien. Et même ce serait mieux. Car lorsque le bonheur est à l'âge de croissance, le plus beau de tous les jours est toujours aujourd'hui.

Le brouillard leur fut un bienveillant prétexte à ne plus se quitter, d'une partie de la journée. On risquait moins d'être vus. – Il allait, le matin, l'attendre à l'arrivée du tram, et il l'accompagnait dans ses courses à travers Paris. Il avait le collet de son pardessus relevé. Elle avait une toque de fourrure, son boa frileusement roulé jusqu'au menton, une voilette bien serrée, où ses lèvres qui bombaient faisaient un petit rond. Mais la meilleure voilette était l'humide réseau de la brume protectrice. Elle était comme une cendre, dense, grise, avec des phosphorescences jaunes. On ne voyait point à dix pas. Elle devenait plus épaisse, à mesure qu'on descendait les vieilles rues perpendiculaires à la Seine. Ami brouillard, où le rêve s'étire entre des draps glacés et frissonne de plaisir ! Ils étaient comme l'amande dans la gaine du fruit, comme la flamme enfermée dans la lanterne sourde. Pierre tenait serré le bras gauche de Luce ; ils allaient du même pas, à peu près de la même taille, elle un peu plus grande, pépiant à mi-voix, leurs figures toutes proches : il eût voulu baiser le petit rond humide de la voilette.

Elle allait vendre chez le marchand de « faux-vieux » qui les lui commandait, « ses navets », ses « petites raves », comme elle disait. Ils n'étaient jamais très pressés d'arriver, et, sans le faire exprès (au moins, ils l'assuraient), prenaient par le plus long, en mettant leur erreur sur le compte du brouillard. Quand, à la fin pourtant, le but venait à eux, malgré tous les efforts faits pour le dépister, Pierre restait à distance. Elle entrait dans la boutique. Il attendait au coin de la rue. Il attendait longtemps, et il n'avait pas chaud. Mais il était content d'attendre, de n'avoir pas chaud, et même de s'ennuyer, parce que c'était pour elle. Enfin, elle ressortait, et vite elle accourait, souriante, attendrie, s'inquiétant s'il n'était pas glacé. Il voyait à ses yeux quand elle avait réussi, et il s'en réjouissait, comme si c'était lui qui avait gagné. Mais le plus souvent, elle revenait, les mains vides ; il fallait retourner deux

24

ou trois jours de suite, pour obtenir d'être payée. Bien heureuse, quand on ne lui rendait pas la commande avec des rebuffades ! Aujourd'hui, par exemple, on lui avait fait une scène pour une miniature peinte d'après la photo d'un brave homme décédé, qu'elle n'avait jamais vu. La famille s'indignait qu'elle n'eût pas mis la teinte exacte des yeux et des cheveux. Il fallait recommencer. Comme elle était disposée à voir plutôt le côté comique de ses mésaventures, elle en riait bravement. Mais Pierre ne riait pas. Il était furieux.

– Crétins ! Triples crétins !

Quand Luce lui montrait les photos qu'elle devait recopier en couleur, il fulminait de mépris – (Ah ! comme elle s'amusait de sa fureur comique !) – contre ces têtes d'imbéciles, figées en des sourires solennels. Que les chers yeux de Luce s'appliquassent à refléter, ses mains à retracer l'image de ces mufles, lui semblait une profanation. Non, c'était révoltant ! Les copies des musées valaient encore mieux. Mais il n'y fallait plus compter. Les derniers musées fermaient, et n'intéressaient plus le client. L'heure n'était plus aux Vierges et aux anges, mais aux poilus. Chaque famille avait le sien, mort ou vivant, plus souvent mort, et voulait éterniser ses traits. Les plus riches, en couleurs ; ouvrage assez bien payé, mais qui devenait rare ; il ne fallait pas faire la difficile. À défaut, il ne restait plus, pour le moment, que l'agrandissement de photos, à des prix dérisoires.

Le plus clair de ceci, c'est qu'elle n'avait plus de raisons de s'attarder à Paris : plus de copies au musée ; il ne s'agissait que de venir au magasin prendre et rapporter les commandes tous les ou deux trois jours ; le travail pouvait s'exécuter chez soi. Cela ne faisait pas trop l'affaire des deux enfants. Ils continuaient d'errer dans les rues, ne pouvant se décider à reprendre le chemin de la station.

Comme ils se sentaient las et que la brume glacée les pénétrait, ils entrèrent dans une église ; et là, bien sagement, assis dans le coin d'une chapelle, ils parlaient à voix basse des petites choses banales de leur vie, en regardant les vitraux. De temps en temps, le silence se faisait ; et leur âme, délivrée des paroles (ce n'était pas le sens des mots qui les intéressait, mais leur souffle de vie, comme les furtifs contacts d'antennes frémissantes), leur âme poursuivait un autre dialogue plus grave et plus profond. Le rêve des vitraux, l'ombre des piliers, le bourdonnement des psalmodies, se mêlaient à leur songe, évoquaient les tristesses de la vie qu'ils voulaient oublier, et la nostalgie consolatrice de l'infini. Bien qu'il fût près de onze heures, un crépuscule jaunâtre remplissait le vaisseau, comme l'huile d'une burette sainte. D'en haut, de très loin, venaient d'étranges lueurs, la sombre pourpre d'une verrière, rouge flaque sur les violettes, des figures indistinctes, encerclées par les noires ferrures. Dans le haut mur de nuit, le sang de la lumière faisait une blessure…

Brusquement, Luce dit :

– Est-ce que vous devez être *pris* ?

Il comprit tout de suite, car son esprit avait suivi, dans le silence, la même piste obscure.

– Oui, dit-il. Il ne faut pas en parler.

– Une seule chose seulement. Dites-moi quand ?

Il le dit :

– Dans six mois.

Elle soupira.

Il dit :

– Il ne faut plus y penser. À quoi cela servirait-il ?

Elle dit :

– Oui, à quoi ?

Ils reprirent haleine, pour refouler l'idée. Puis, courageusement (ou bien devrait-on dire au contraire, « peureusement » ? Décide qui saura où est le vrai courage !) ils se forcèrent tous deux à parler d'autre chose. Des étoiles de cierges tremblants, dans une buée. De l'orgue qui préludait. Du bedeau qui passait. De la boîte à surprises qu'était son sac à main, où les doigts indiscrets de Pierre se promenaient. Ils mettaient une passion à s'amuser de riens. Ni l'un ni l'autre des pauvres petits n'envisageait l'ombre même de l'idée d'échapper au destin, qui devait les séparer. Résister à la guerre, braver le courant d'un peuple : autant soulever l'église, qui les couvrait de sa carapace ! Le seul recours était d'oublier, oublier, jusqu'à la dernière seconde, en espérant au fond que cette dernière seconde ne viendrait jamais. Jusque-là, être heureux.

Au sortir, en causant, elle le tira par le bras, pour jeter un coup d'œil sur une devanture qu'ils venaient de dépasser. Un magasin de chaussures. Il vit son regard tendrement caresser une paire de fines bottines de cuir, hautes et lacées.

– Jolies ! dit-il.

Elle fit :

– Un amour !

Il rit de l'expression, et elle rit aussi.

– Est-ce qu'elles ne seraient pas trop grandes ?

– Non, juste de la taille.

– Si on les achetait, alors ?

Elle lui serra le bras et le tira en avant, pour s'arracher à la contemplation.

– Il faut être des riches. (Fredonnant l'air : *Dansons la capucine…*) Mais ce n'est pas pour nous !

– Pourquoi pas ? Cendrillon a bien mis la pantoufle !

– En ce temps-là, il y avait encore des fées.

– En ce temps-ci, il y a toujours des amoureux.

Elle chantonna :

– Non, non, nenni, mon petit ami !

– Pourquoi, puisque nous sommes amis ?

– C'est justement pour cela.

– Pour cela ?

– Oui, car on ne peut pas accepter d'un ami.

– D'un ennemi, alors ?

– D'un étranger plutôt, mon marchand par exemple, s'il voulait m'avancer un acompte, le ladre !

– Mais, Luce, j'ai bien le droit de vous commander, si je veux, une peinture !

Elle s'arrêta, pour pouffer.

– Vous, une peinture de moi ? Mon pauvre ami, qu'est-ce que vous en feriez ? Vous avez eu du mérite, déjà, à les regarder. Je sais bien que ce sont des croûtes. Elles vous resteraient dans le gosier.

– Pas du tout ! Il y en a de très mignonnes. Et puis, si c'est mon goût ?

– Il a bien changé depuis hier !

– Ce n'est pas permis de changer ?

– Non, pas quand on est amis.

– Luce, faites mon portrait !

27

– Allons bon, son portrait, maintenant !

– Mais, c'est très sérieux. Je vaux bien ces idiots...

Elle lui serra le bras, d'un élan irréfléchi :

– Chéri !

– Qu'est-ce que vous avez dit ?

– Je n'ai rien dit.

– J'ai très bien entendu.

– Alors, gardez-le pour vous !

– Non, je ne le garde pas. Je vous rendrai le double... Chérie !... Chérie !... Vous faites mon portrait, n'est-ce pas ? C'est entendu ?

– Avez-vous une photo ?

– Non, je n'en ai pas.

– Comment voulez-vous, alors ? Je ne peux pourtant pas vous peindre dans la rue.

– Vous m'avez dit que chez vous, vous êtes seule, presque tous les jours.

– Oui, les jours où maman travaille à l'usine... Mais je n'ose pas...

– Vous craignez qu'on nous voie ?

– Non, ce n'est pas pour cela. Nous n'avons pas de voisins.

– Alors, qu'est-ce que vous craignez ?

Elle ne répondit pas.

Ils étaient arrivés sur la place du tram. Quoiqu'il y eût autour d'eux d'autres gens qui attendaient, on les voyait à peine, le brouillard continuait d'isoler le petit couple. Elle évitait ses yeux. Il lui prit les deux mains, et lui dit tendrement :

– Ma chérie, ne craignez pas...

Elle releva les yeux, et ils se regardèrent. Leurs yeux étaient si loyaux !

– J'ai confiance, dit-elle.

Et elle ferma les yeux. Elle sentait qu'elle lui était sacrée.

Ils se lâchèrent les mains. Le tram allait partir. Le regard de Pierre interrogeait Luce.

– Quel jour ? demanda-t-il.

– Mercredi, répondit-elle. Venez vers les deux heures...

Au moment de partir, elle retrouva son sourire malicieux ; elle lui dit à l'oreille :

– Et vous m'apporterez votre photo, tout de même. Je ne suis pas assez forte pour peindre sans photo… Oui, oui, je sais que vous en avez, méchant petit farceur !

Au-delà de Malakoff. Des rues brèche-dents, coupées de terrains vagues qui se perdent dans une campagne douteuse, où fleurissent, entre des clôtures de planches, des cabanes de chiffonniers. Le ciel gris et terne est couché tout de son long sur la terre incolore, dont les flancs maigres fument de brume. L'air est transi. La maison, facile à trouver : elles ne sont que trois, de ce côté de la rue. La dernière des trois ; elle n'a pas de vis-à-vis. Elle est à un étage, avec une petite cour, qu'entoure une palissade, deux ou trois arbustes chétifs, un carré de jardin potager, sous la neige.

Pierre n'a fait aucun bruit, en entrant : la neige amortit ses pas. Mais les rideaux du rez-de-chaussée remuent ; et quand il arrive à la porte, la porte s'ouvre, et Luce est sur le seuil. Dans le demi-jour de l'entrée, ils se disent bonjour, d'une voix étranglée ; et elle l'introduit dans la première pièce qui sert de salle à manger. C'est là qu'elle travaille ; elle a son chevalet installé près de la fenêtre. D'abord, ils ne savent que dire : ils ont beaucoup trop pensé d'avance à cette rencontre ; des phrases qu'ils ont préparées, aucune ne veut sortir ; et ils parlent à mi-voix, quoiqu'il n'y ait personne à la maison. – C'est justement pour cela. Ils restent assis, a quelques pas l'un de l'autre, les bras raides ; et il n'a même pas baissé le col de son manteau. Ils causent du temps froid et de l'heure des trams. Ils sont malheureux de se sentir si bêtes.

Enfin elle fait effort pour lui demander s'il a apporté les photographies ; et à peine les a-t-il sorties de sa poche qu'ils se raniment tous deux. Ces images sont des intermédiaires, par-dessus la tête desquels on cause ; on n'est plus tout à fait seuls, il y a des yeux qui vous regardent, et ils ne sont pas gênants. Pierre a eu la bonne idée (il n'y a pas mis de malice) de prendre toutes ses photos, depuis l'âge de trois ans ; il y en a une qui le représente en petite jupe. Luce rit de plaisir ; elle dit à la photo des mots mignards et comiques. Y a-t-il rien de plus doux pour une femme que de voir l'image de celui qui lui est cher, quand il était tout petit ? Elle le berce en pensée, elle lui donne le sein ; et même, elle n'est pas loin de rêver qu'elle l'a porté ! Et puis (elle n'est point dupe), c'est un prétexte bien commode pour dire au tout petit ce qu'on ne peut pas dire au grand. Quand il demande laquelle des photos elle préfère, elle dit, sans hésiter :

– Le cher petit bonhomme…

Qu'il est sérieux, déjà ! Presque plus qu'aujourd'hui. Certes, si Luce osait (et justement, elle ose) regarder pour comparer le Pierre d'aujourd'hui, elle verrait dans ses yeux une expression d'abandon et de joie enfantine qui n'est pas chez l'enfant : car les yeux de l'enfant, ce petit bourgeois sous cloche, sont des oiseaux en cage, qui manquent de lumière ; et la lumière est venue, n'est-ce pas, Luce ?... Il demande, à son tour, à voir les photos de Luce. Elle montre une fillette de six ans, avec une grosse natte, qui serre dans bras un petit chien ; et en se revoyant, elle pense avec malice qu'elle n'aimait pas moins alors, ni très différemment ; tout ce qu'elle avait de cœur, elle le donnait déjà à son Pierre, à son chien : c'était à Pierre déjà, en attendant qu'il vînt. Elle montra aussi une jeune demoiselle de treize à quatorze ans, qui tortillait son cou avec des airs coquets et un peu prétentieux ; par bonheur, il y avait là, toujours, au coin des lèvres, le petit sourire malin, qui avait l'air de dire :

– Vous savez, je m'amuse ; je ne me prends pas au sérieux...

Ils avaient tout à fait oublié leur gêne, maintenant.

Elle se mit à esquisser le portrait. Comme il ne devait plus bouger, ni parler que du bout des lèvres, elle fit presque toute la conversation, à elle seule. Son instinct lui faisait peur du silence. Et, comme il arrive aux êtres sincères qui parlent un peu longtemps, elle en vint rapidement à confier des choses intimes de sa vie et de celle des siens, qu'elle n'avait nullement l'intention de raconter. Elle s'entendait parler, avec étonnement ; mais il n'y avait plus moyen de reprendre pied : le silence même de Pierre était comme une pente où le courant coulait...

Elle faisait le récit de son enfance en province. Elle était de la Touraine. Sa mère, de famille aisée, de bonne bourgeoisie, s'était éprise d'un instituteur, fils de fermier. La famille bourgeoise s'opposa au mariage ; mais les deux amoureux s'étaient obstinés ; la jeune fille avait attendu jusqu'à l'âge légal, pour adresser les sommations. Les siens ne voulaient plus la connaître, depuis le mariage. Le jeune ménage avait vécu des années d'affection et de gêne. Le mari s'exténua à la tâche ; et la maladie vint. La femme, courageusement, accepta cette charge de plus ; elle travaillait pour deux. Ses parents, s'entêtant dans leur orgueil blessé, se refusaient à rien faire pour lui venir en aide. Le malade était mort, quelques mois avant le début de la guerre. Et les deux femmes n'avaient pas cherché à renouer avec la famille maternelle. Celle-ci

31

eût accueilli la jeune fille, si elle avait fait des avances, qui auraient été reçues comme un *mea culpa* pour la conduite de la mère. Mais la famille pouvait attendre ! On mangerait des pierres, plutôt, à belles dents !

Pierre s'étonnait de la dureté de cœur de ces parents bourgeois. Luce ne le trouvait pas extraordinaire.

– Est-ce que vous ne croyez pas qu'il y a beaucoup de gens comme cela ? Pas méchants. Non, je suis sûre que mes grands-parents ne le sont pas, et même qu'ils avaient de la peine à ne pas nous dire : « Revenez ! » Mais leur amour-propre avait été trop humilié ! Et l'amour-propre, chez les gens, il n'y a que cela de grand. C'est plus fort que tout le reste. Quand on leur a fait du tort, il n'y a pas seulement le tort qu'on leur a fait, il y a *le Tort :* Les autres ont tort, et eux ils ont raison. Et, sans être méchants – (non, vraiment, ils ne le sont pas) – ils vous laisseraient mourir près d'eux, à petit feu, plutôt que de convenir qu'ils n'ont peut-être pas raison. Oh ! ils ne sont pas les seuls ! On en a vu bien d'autres ! ... Dites, est-ce que je me trompe ? Est-ce qu'ils ne sont pas comme cela ?

Et Pierre réfléchissait. Et il était saisi. Car il pensait :

– Mais oui. Ils sont comme cela...

Il voyait brusquement, par les yeux de la petite fille, la pauvreté de cœur, l'aridité désertique de cette classe bourgeoise, dont il faisait partie. Terre sèche et usée, qui a bu peu à peu tous les sucs de la vie et ne les renouvelle plus, comme ces contrées d'Asie où les fleuves féconds, goutte à goutte, ont fui sous le sable vitreux. Même ceux qu'ils croient aimer, ils les aiment en propriétaires ; ils les sacrifient à leur égoïsme, à leur orgueil buté, à leur intelligence étroite et entêtée. Pierre faisait un retour attristé sur ses parents et sur lui-même. Il se taisait. Les vitres de la chambre vibraient d'une canonnade lointaine. Et Pierre, qui pensa à ceux qui succombaient, dit avec amertume :

– Et cela aussi est leur œuvre.

Oui, l'aboiement enroué de ces canons là-bas, la guerre universelle, la grande catastrophe, – la sécheresse de cœur et l'inhumanité de cette bourgeoisie vaniteuse et bornée en avait largement sa part de responsabilité. Et maintenant (c'était justice), le monstre déchaîné ne s'arrêterait plus qu'il ne l'eût dévorée.

Et Luce dit :

32

– C'est juste.

Car, sans qu'elle s'en doutât, elle suivait la pensée de Pierre. Pierre tressaillit de l'écho :

– Oui, c'est juste, dit-il, juste, tout ce qui arrive. Ce monde était trop vieux, il devait, il doit mourir.

Et Luce, baissant la tête, tristement résignée, redit :

– Oui.

Graves figures d'enfants, penchées sous le Destin, et dont le jeune front, froissé par le souci, portait ces pensées désolées !…

L'ombre montait dans la chambre. Il ne faisait pas très chaud : Luce, les mains glacées, laissa son travail, qu'il ne fut pas permis à Pierre de regarder. Ils allèrent à la fenêtre et contemplèrent le soir sur les champs tristes et les collines boisées. Les forêts violettes formaient un hémicycle sur le ciel vert poudré d'une poussière d'or pâle. Un peu de l'âme de Puvis de Chavannes flottait. Une simple parole de Luce montra qu'elle savait lire cette secrète harmonie. Il s'en étonna presque. Elle n'en fut pas froissée, et dit qu'on pouvait sentir ce qu'on n'était pas capable d'exprimer. Si elle peignait bien mal, ce n'était pas sa faute tout à fait. Par une économie peut-être mal entendue, elle n'avait pas achevé son instruction aux Arts Décoratifs. D'ailleurs, la pauvreté seule l'avait conduite à peindre. Pourquoi peindre sans besoin ? Et Pierre ne trouvait-il pas que presque tous ceux qui font de l'art le font sans vraie nécessité, par vanité, pour s'occuper, ou bien parce qu'ils croient d'abord en avoir besoin, et ne veulent plus ensuite convenir qu'ils se sont trompés ? On ne devrait être artiste que lorsqu'on ne peut absolument pas garder pour soi ce que l'on sent, lorsqu'on en a trop. Mais elle, disait Luce, en avait juste assez pour un. Elle reprit :

– Non, pour deux.

(Parce qu'il faisait la moue.)

Les belles teintes d'or du ciel se brunissaient. La plaine déserte revêtait un masque désolé. Pierre demanda à Luce si elle n'avait pas peur dans cette solitude.

– Non.

– Lorsque vous rentrez tard ?

– Il n'y pas de danger. Les Apaches ne viennent pas ici. Ils ont leurs habitudes. Ce sont aussi des bourgeois. Et puis nous avons là un vieux voisin chiffonnier et son chien. Et puis, je n'ai pas peur. Oh ! je ne m'en vante pas ! Je n'y ai aucun mérite. Je ne suis pas courageuse. Seulement, je n'ai pas encore eu l'occasion de rencontrer la vraie peur. Le jour où je la verrai, peut-être que je serai plus poltronne qu'une autre. Sait-on jamais ce qu'on est ?

– Moi, je sais ce que vous êtes, dit Pierre.

– Ah ! c'est bien plus facile. Moi aussi, je sais… pour vous. On sait toujours mieux, pour l'autre.

L'humide gel du soir entrait par les vitres fermées. Pierre eut un petit frisson. Luce, qui le perçut aussitôt sur sa nuque, courut lui préparer une tasse de chocolat, qu'elle fit chauffer sur sa lampe à esprit de vin. Ils prirent un goûter. Luce, maternellement, avait jeté son châle sur les épaules de Pierre ; et il se laissait faire, comme un chat, qui jouit de la tiédeur de l'étoffe. Le cours de leur pensée de nouveau les ramena à l'histoire que Luce avait interrompue. Pierre dit :

– Toutes deux seules, si seules, votre mère et vous, vous devez être profondément unies ?

– Oui, dit Luce. On était bien unies.

– *Était ?* répéta Pierre.

– Oh ! on s'aime bien toujours ! dit Luce, un peu gênée du mot échappé par surprise. (Pourquoi lui disait-elle toujours plus qu'elle ne voulait ? Et cependant, il ne demandait pas, il n'osait lui demander. Mais elle voyait que son cœur la questionnait. Et c'est bon de se confier, quand on ne l'a jamais pu ! Le silence de la maison, la demi-ombre de la chambre engageait à se livrer.) Elle dit :

– On ne sait pas ce qui se passe depuis quatre ans. Tout le monde est changé.

– Vous voulez dire que votre mère, ou vous, avez changé !

– Tout le monde, répéta Luce.

– En quoi ?

– On ne peut pas dire. On sent que partout, entre gens qui se connaissaient, même dans la famille, les rapports ne sont plus les mêmes. On n'est plus sûr de rien, on se dit, le matin : « Qu'est-ce que je vais voir, le soir ? Est-ce que je vais le reconnaître ? » On est comme sur une planche, dans l'eau, près de chavirer.

– Qu'est-ce qui s'est donc passé ?

– Je ne sais pas, dit Luce, je ne puis pas expliquer. Mais c'est depuis la guerre. Il y a quelque chose dans l'air. Tout le monde est troublé. On voit dans les familles ceux qui ne pouvaient pas se passer l'un de l'autre, s'en aller maintenant, chacun de son côté. Et chacun, comme grisé, court, le nez sur la piste.

– Où donc ?

– Je ne sais pas. Et eux non plus, je crois. Où le hasard et le désir les poussent. Les femmes prennent des amants. Les hommes oublient leurs femmes. Et de bonnes gens, qui paraissaient si calmes et si rangés, à l'ordinaire ! Partout, on entend parler de ménages désorganisés. C'est de même entre parents et enfants. Ma mère…

Elle s'arrêta, puis reprit :

– Ma mère a sa vie.

Elle s'arrêta encore :

– Oh ! c'est bien naturel ! Elle est encore jeune, et la pauvre maman n'a pas eu beaucoup de bonheur ; elle n'a pas dépensé son comptant d'affection. Elle a le droit de vouloir se refaire une vie.

Pierre demanda :

– Elle veut se remarier ?

Luce hocha la tête. On ne savait pas très bien… Pierre n'osa insister.

– Elle m'aime bien toujours. Mais ce n'est plus comme avant. On peut se passer de moi, à présent… Pauvre maman ! Elle serait si contrite de savoir que son affection pour moi n'est plus dans son cœur, la première ! Elle n'en conviendrait jamais…

Comme c'est drôle, la vie !

Elle avait un sourire doux, triste et malicieux. Sur ses mains appuyées sur la table, Pierre posa tendrement la main, et resta immobile.

– On est de pauvres êtres, dit-il.

Luce, après un moment :

– Nous, comme on est tranquilles !… Les autres, ils ont la fièvre. La guerre. Les usines. On se hâte. On se hâte. Travailler, vivre, jouir…

– Oui, dit Pierre, l'heure est brève.

– Raison de plus pour ne pas courir ! dit Luce. On est trop tôt au bout. Marchons à petits pas.

– Mais c'est elle qui court, dit Pierre. Tenons-la bien.

– Je la tiens, je la tiens, dit Luce, lui tenant la main.

35

Ainsi, tour à tour, tendrement, gravement, ils causaient, comme de bons vieux amis. Mais ils prenaient bien garde que la table fût toujours entre eux.

Et voici qu'ils s'aperçurent que la nuit était dans la chambre. Pierre se leva précipitamment. Luce ne fit rien pour le retenir. L'heure brève était passée. Ils avaient peur de celle qui pouvait venir. Ils se dirent au revoir, avec la même contrainte, de la même voix basse et étranglée que lorsqu'il était entré. Sur le seuil, leurs mains osèrent à peine s'étreindre.

Mais, la porte fermée, près de sortir du jardin, comme il retournait la tête vers la fenêtre du rez-de-chaussée, il vit dans un dernier reflet cuivré du crépuscule sur la vitre la silhouette de Luce qui, dans l'incertitude de l'obscure lueur, le suivait d'un visage passionné. Et revenant vers la fenêtre, il appliqua sa bouche contre la vitre fermée. Leurs lèvres à travers le mur de verre se baisèrent. Puis Luce recula dans l'ombre de la chambre, et le rideau retomba.

Depuis une quinzaine, ils ne savaient plus rien de ce qui se passait dans le monde. À Paris, on pouvait bien arrêter et condamner, a tour de bras. L'Allemagne pouvait faire et défaire les traités qu'elle avait signés. Les gouvernements pouvaient mentir, la presse injurier, et les armées tuer. Ils ne lisaient pas les journaux. Ils savaient qu'il y avait la guerre, quelque part, tout autour, comme il y a le typhus, ou bien l'influenza ; mais cela ne les touchait pas ; ils ne voulaient pas y penser.

Elle se rappela à eux, cette nuit. Ils étaient déjà couchés (ils donnaient tant de leur cœur dans ces journées que, quand le soir venait, ils étaient épuisés). Ils entendirent l'alarme, chacun dans son quartier, et refusèrent de se lever. Ils s'enfoncèrent la tête dans leur lit, sous leurs draps, comme un enfant, pendant l'orage, – non pas du tout par peur (ils étaient sûrs que rien ne pouvait leur arriver), – pour rêver. Luce, dans la nuit, écoutant l'air gronder, pensait :

– Ce serait bon, dans ses bras, d'entendre passer l'orage !

Pierre se bouchait les oreilles. Que rien ne troublât ses pensées ! Il s'obstinait à retrouver sur le clavier du souvenir le chant de la journée, le fil mélodieux des heures, depuis la première minute où il était entré dans la maison de Luce, les moindres inflexions de sa voix et de ses gestes, les images successives que le regard avait hâtivement happées, – une ombre des paupières, une onde d'émotion qui passait sous la peau, comme un frisson sur l'eau, un sourire affleurant aux lèvres, comme un rayon, et sa paume appuyée, couchée contre la douceur nue des deux mains étendues, – ces précieux fragments, que tâchait de rejoindre en une étreinte unique la fantaisie magique de l'amour. Il ne permettait pas que les bruits du dehors entrassent. Le dehors lui était un visiteur importun… La guerre ? Je sais, je sais. Elle est là ? Qu'elle attende !… Et la guerre attendait à la porte, patiente. Elle savait qu'elle aurait son tour. Il le savait aussi, c'est pourquoi il n'avait pas honte de son égoïsme. La vague de mort allait le prendre. Il ne lui devait donc rien d'avance. Rien. Que la mort repassât au terme de sa créance ! Jusque-là, qu'elle se tût ! Ah ! jusque-là du moins, il ne voulait rien perdre de ce temps merveilleux ; chaque seconde était un grain d'or, et il était l'avare qui palpe son trésor. C'est à moi, c'est mon bien. Ne touchez pas à ma paix, à mon amour ! C'est à moi, jusqu'à l'heure… Et quand l'heure viendra ? – Peut-être qu'elle ne viendra pas ! Un miracle ?… – Pourquoi pas… ?

37

En attendant, le fleuve des heures et des jours continuait de couler. À chaque nouveau tournant, se rapprochait le grondement des rapides. Dans la barque, étendus, Pierre et Luce entendaient. Mais ils n'avaient plus peur. Même cette grande voix, comme une basse d'orgue, berçait leur songe amoureux. Quand le gouffre serait là, on fermerait les yeux, on se serrerait plus fort, tout serait fini, d'un coup. Le gouffre épargnait la peine de penser à la vie qui serait, qui aurait pu être après, à l'avenir sans issue. Car Luce pressentait les obstacles que Pierre eût rencontrés en voulant l'épouser ; et Pierre, moins clairement (il aimait moins la clarté), les redoutait aussi. Ne regardons pas si loin ! La vie d'après le gouffre, c'était comme cette « autre vie », dont on parle, à l'église. On dit qu'on s'y retrouvera ; mais on n'est pas bien sûr. Une seule chose est sûre : le présent. Notre présent. Versons-y, sans compter, toute notre part d'éternel !

Moins encore que Pierre, Luce s'informait des nouvelles. La guerre ne l'intéressait pas. C'est une misère de plus, parmi toutes les misères dont est tissue la vie sociale. Il n'y a, pour s'en étonner, que ceux qui sont à l'abri des réalités nues. Et la petite fille, à l'expérience précoce, qui connaissait le combat pour le pain quotidien – *panem quotidianum...* (Dieu ne le donne pas pour rien !) – révélait à son ami bourgeois la guerre meurtrière qui, pour les pauvres gens, et surtout pour les femmes, règne sournoise et sans trêve, sous le mensonge de la paix. Elle n'en disait pas trop pourtant, de peur de l'attrister : en voyant le saisissement où le jetaient ses récits, elle avait le sentiment affectueux de sa supériorité. Comme la plupart des femmes, elle n'éprouvait pas pour certaines laideurs de la vie les dégoûts physiques et moraux qui bouleversaient le jeune garçon. Elle n'avait rien d'une révoltée. En des circonstances pires, elle eût pu, sans répugnance, accepter des tâches répugnantes, et en sortir, toute calme et proprette, sans une salissure. Elle ne le pouvait plus aujourd'hui, car depuis qu'elle connaissait Pierre, son amour lui avait infiltré les goûts et les dégoûts de son ami ; mais telle n'était pas sa nature foncière. De race calme et riante, pas du tout pessimiste. La mélancolie, les grands airs détachés de la vie n'étaient pas son affaire. La vie est comme elle est. Prenons-la comme elle est ! Elle aurait pu être plus mal ! Les aléas d'une existence, que Luce avait toujours connue précaire, en quête d'expédients, et surtout depuis la guerre, lui avaient appris l'insouciance du lendemain. Ajoutez qu'à cette libre petite Française toute préoccupation de l'au-delà était étrangère. La vie lui suffisait. Luce la trouvait jolie ; mais cela tient à un fil, et il s'en faut de si peu que le fil casse que ce n'est vraiment pas la peine de se tourmenter pour ce qui arrivera demain. Mes yeux, buvez le jour qui vous baigne en passant ! Et quant à ce qui viendra après, mon cœur, abandonne-toi, confiant, au courant !… Puisqu'on ne peut faire autrement !… Et maintenant qu'on s'aime, n'est-ce pas délicieux ? Luce savait bien qu'il n'y en aurait pas pour longtemps. Mais, sa vie, elle non plus, ne serait pas pour longtemps…

Elle ne ressemblait guère à ce petit garçon qui l'aimait, qu'elle aimait, tendre, ardent et nerveux, heureux et malheureux, qui jouissait, qui souffrait toujours avec excès, qui se donnait, qui se cabrait, toujours avec passion, et qui lui était cher, justement parce qu'il ne lui ressemblait guère. Mais tous deux s'accordaient en une volonté muette de ne pas voir l'avenir : l'une, par insouciance de ruisseau résigné qui chante ; l'autre, par négation exaltée qui se plonge dans le gouffre du présent et n'en veut plus ressortir.

Le grand frère était revenu, en permission de quelques jours. Dès le premier soir, il s'aperçut qu'il y avait, dans l'atmosphère familiale, quelque chose de changé. Quoi ? Il n'eût su le dire, mais il était contrarié. L'esprit a des antennes qui perçoivent à distance, avant que la conscience ait pu palper l'objet. Et les plus fines antennes sont celles de l'amour-propre. Celles de Philippe s'agitaient, cherchaient et s'étonnaient : il leur manquait quelque chose… N'avait-il pas son cercle d'affections, qui lui rendait le tribut d'hommages habituel, – l'auditoire attentif, auquel il mesurait avarement ses récits, – ses parents qui le couvaient de leur admiration attendrie, – le jeune frère ? … Halte-là ! C'était lui, justement, qui manquait à l'appel.

Il était bien présent, mais il ne s'empressait pas auprès du grand frère ; il ne quêtait pas, comme à l'ordinaire, ses confidences, que l'autre se plaisait à lui refuser. Pitoyable amour-propre ! Philippe qui, les autres fois, affectait à l'égard des questions ardentes de son cadet, une sorte de lassitude protectrice et railleuse, était froissé qu'il ne lui en fît pas, cette fois. Et ce fut lui qui essaya de les provoquer : il devint plus loquace, et il regardait Pierre comme pour lui faire sentir que ses discours étaient pour lui. En d'autres temps, Pierre eût tressailli de joie et saisi au vol le mouchoir qu'on lui jetait. Mais il laissa tranquillement Philippe le ramasser tout seul, s'il en avait envie. Philippe, piqué, essaya de l'ironie. Pierre, au lieu de se troubler, répliqua posément, sur le même ton dégagé. Philippe voulut discuter, s'agita, pérora. Après quelques minutes, il s'aperçut qu'il pérorait seul. Pierre le regardait faire, ayant l'air de lui dire :

– Va donc, mon bon ami ! Si cela te fait plaisir ! Continue ! Je t'écoute…

L'insolent petit sourire !… Les rôles étaient renversés.

Philippe se tut, mortifié, et, plus attentivement, il observa le jeune frère, qui ne s'occupait plus de lui. Comme il était changé ! Les parents, qui le voyaient tous les jours, n'avaient rien remarqué ; mais les yeux pénétrants et, par surcroît, jaloux, de Philippe, après quelques mois d'absence, ne retrouvaient plus l'expression connue. Pierre avait l'air heureux, langoureux, étourdi, engourdi, indifférent aux gens, inattentif aux choses, flottant dans une atmosphère de rêve voluptueux, comme une jeune fille. Et Philippe sentit qu'il n'était plus rien dans la pensée du petit frère.

Comme il n'était pas moins expert à s'analyser qu'à observer les autres, il eut vite fait de prendre conscience de son dépit et de s'en moquer. L'amour-propre mis de côté, il s'intéressa à Pierre et chercha le secret de sa métamorphose. Il eût bien voulu solliciter ses confidences ; mais c'était un emploi auquel il n'était pas habitué ; et d'ailleurs, le petit frère ne semblait avoir nul besoin de se confier ; avec une désinvolture nonchalante et narquoise, il regardait Philippe gauchement s'évertuer à lui tendre la perche ; et, les mains dans les poches, souriant, l'esprit ailleurs, sifflotant un petit air, il répondait vaguement, sans trop bien écouter ce qu'on lui demandait, – puis tout de suite, repartait dans ses propriétés. Bonsoir ! Il n'était plus là. On ne tenait que son reflet dans l'eau, qui fuyait entre les doigts. – Et Philippe, comme un amant dédaigné, sentait maintenant le prix et subissait l'attrait du mystère de ce cœur qu'il avait perdu.

La clef de l'énigme lui vint, par hasard. Comme il rentrait, le soir, par le boulevard Montparnasse, dans l'ombre il croisa Pierre et Luce. Il craignit qu'ils ne l'eussent remarqué. Mais ils ne se souciaient guère de ce qui les entourait. Étroitement serrés, Pierre appuyant son bras sur le bras de Luce et lui tenant la main, entrelaçant leurs doigts, ils marchaient à petits pas, avec cette tendresse avide et goulue d'Éros et de Psyché étendus sur la couche nuptiale de la Farnésine. L'étreinte de leurs regards les fondait en un seul, comme une cire. Philippe, appuyé à un arbre, les regarda passer, s'arrêter, continuer, s'effacer dans la nuit. Et son cœur était plein de pitié pour les deux enfants. Il pensait :

– Ma vie est sacrifiée. Soit ! Mais il n'est pas juste de prendre aussi celles-là. Si je pouvais au moins payer pour leur bonheur !

Le lendemain, Pierre, malgré son inattention polie, remarqua vaguement, à vrai dire non pas sur-le-champ, mais après réflexion, le ton affectueux de son frère avec lui. Et, s'éveillant à demi, il lui vit ses bons yeux qu'il ne lui connaissait plus. Philippe le regardait si clairement que Pierre eut l'impression que ce regard le scrutait ; et il se hâta maladroitement de pousser le volet sur son secret. Mais Philippe sourit, se leva, et lui mettant la main sur l'épaulé, lui proposa de faire un tour de promenade. Il ne put résister à la confiance nouvelle qui lui était rendue ; et ils allèrent ensemble, au Luxembourg voisin. Le grand frère avait laissé sa main appuyée sur l'épaule du cadet ; et lui, se sentait fier de l'union rétablie. Sa langue s'était déliée. Ils parlaient avec animation des choses de l'esprit, de leurs lectures, de leurs réflexions sur les hommes, de leur expérience nouvelle, de tout – sauf du sujet auquel ils pensaient tous deux. C'était comme une convention tacite. Ils étaient heureux de se sentir intimes, avec un secret entre eux. Tout en causant, Pierre se demandait :

– Sait-il ?… Mais comment saurait-il ?…

Philippe le regardait bavarder, en souriant. Pierre finit par s'arrêter, au milieu d'une phrase…

– Qu'as-tu ?

– Rien. Je te regarde. Je suis content.

Ils se serrèrent la main. En revenant, Philippe dit :

– Tu es heureux ?

Pierre, sans parler, fit oui, avec la tête.

– Tu as raison, mon petit. C'est beau, le bonheur. Prends ma part…

Pour ne pas le troubler, Philippe évita, pendant son séjour, de faire allusion à l'incorporation prochaine de la classe de Pierre. Mais le jour de son départ, il ne put s'empêcher d'exprimer son souci de voir le jeune frère bientôt exposé aux épreuves qu'il connaissait trop. À peine si une ombre passa sur le front du petit amoureux. Il fronça légèrement les sourcils, cligna des yeux, comme pour chasser une vision importune, et dit :

– Baste !… Plus tard !… *Chi lo sa ?*

– On ne le sait que trop, dit Philippe.

– Ce que je sais, en tout cas, dit Pierre, vexé qu'il insistât, c'est que quand je serai là-bas, moi, je ne tuerai pas.

Et Philippe, sans le contredire, sourit tristement, sachant ce que la force implacable du troupeau faisait des âmes débiles et de leur volonté.

Mars était de retour, et la lumière plus longue, et les premiers chants d'oiseaux. Mais avec les jours grandissaient les flammes sinistres de la guerre. L'air était fiévreux de l'attente du printemps et de celle du cataclysme. On entendait grossir le monstrueux grondement, s'entrechoquer les armes des millions d'ennemis, amoncelés depuis des mois contre la digue des tranchées et prêts à déborder, comme un raz de marée, sur l'Île-de-France et la nef de la Cité. L'ombre de bruits effrayants précédait le fléau : une rumeur fantastique de gaz empoisonnés, de venin répandu dans l'air, qui devait, disait-on, s'abattre sur des provinces et tout anéantir, comme la chape asphyxiante de la Montagne Pelée. Enfin, les visites des Gothas, de plus en plus rapprochées, entretenaient savamment la nervosité de Paris.

Pierre et Luce continuaient de ne rien vouloir connaître de ce qui les entourait ; mais la petite fièvre qu'ils respiraient à leur insu, dans l'air lourd de menaces, attisait le désir qui couvait en leurs jeunes corps. Trois ans de guerre avaient propagé dans les âmes d'Europe une liberté morale qui pénétrait les plus honnêtes. Et les deux enfants n'avaient, ni l'un ni l'autre, de croyances religieuses. Mais ils étaient protégés par leur délicatesse de cœur, leur pudeur instinctive. Seulement, ils avaient secrètement décidé de se donner l'un à l'autre, avant que l'aveugle cruauté des hommes ne les séparât. Ils ne se l'étaient point dit. Ils se le dirent, ce soir-là.

Une ou deux fois par semaine, la mère de Luce était retenue à son usine par le travail de nuit. Ces nuits, Luce, pour ne pas rester seule dans le quartier désert, couchait, à Paris, chez une amie. On ne la surveillait pas. Les deux amoureux profitaient de cette liberté pour passer une partie de la soirée ensemble ; et parfois, ils prenaient un modeste dîner dans un petit restaurant. Au sortir du repas, ce soir de la mi-mars, ils entendirent sonner l'alerte. Ils s'abritèrent au refuge le plus proche, comme contre une ondée, et s'amusèrent quelque temps à observer leurs compagnons de hasard. Mais le danger semblant lointain ou écarté, sans que rien vint annoncer la fin de l'alerte, Luce et Pierre, qui ne voulaient pas rentrer trop tard, se remirent en route, en bavardant gaiement. Ils suivaient une vieille rue obscure et étroite, près de Saint-Sulpice. Ils venaient de dépasser, près d'une porte-cochère, un fiacre qui stationnait, le cheval et le cocher dormants. Ils se trouvaient à vingt pas et sur l'autre trottoir, quand tout trembla autour : un éblouissement rouge, un écroulement de tonnerre, une pluie de tuiles arrachées et de vitres brisées. Au renfoncement d'une maison qui faisait un coude brusque dans la rue, ils se collèrent contre le mur et leurs corps s'enlacèrent. À la lueur de l'éclair, ils avaient vu leurs yeux d'amour et d'épouvante. Et, dans la nuit retombée, la voix de Luce suppliait :

– Non ! Je ne veux pas encore !...

Et Pierre sentit sur ses lèvres les lèvres et les dents passionnées. Ils restèrent palpitants dans le noir de la rue. À quelques pas, au milieu des décombres du fiacre éventré, des hommes sortis des maisons relevaient le cocher moribond ; ils passèrent tout près d'eux, avec le malheureux dont le sang s'égouttait. Luce et Pierre demeuraient pétrifiés, si étroitement serrés que, lorsque la conscience se ranima en eux, il leur sembla que leurs corps étaient nus sous l'étreinte. Ils desserrèrent leurs mains et leurs lèvres incrustées qui, comme des racines, buvaient l'être aimé. Et tous deux, ils se mirent à trembler.

– Rentrons ! dit Luce, envahie par une terreur sacrée.

Elle l'entraîna.

– Luce, tu ne me laisseras pas m'en aller de cette vie, avant... ?

– Ô Dieu ! dit Luce, en lui serrant le bras, cette pensée serait pire que la mort !

– Mon amour ! dirent-ils.

Ils s'étaient de nouveau arrêtés.

– Quand serai-je à toi ? dit Pierre.

(Il n'eût pas osé demander : « Quand seras-tu à moi ? »)

Luce le remarqua, et elle en fut touchée.

– Adoré, lui dit-elle... Bientôt ! Ne nous presse pas ! Tu ne peux pas le vouloir plus que je ne le veux !... Restons encore ainsi, un peu de temps... C'est beau !... Ce mois encore, jusqu'à la fin !...

– Jusqu'à Pâques ? dit-il.

(Pâques était, cette année, le dernier jour de mars.)

– Oui, la Résurrection.

– Ah ! fit-il, il y a la mort avant la résurrection.

– Chut ! dit-elle, en lui scellant la bouche avec la sienne.

Ils se dégagèrent.

– Ce soir, ce sont nos fiançailles, dit Pierre.

Appuyés l'un sur l'autre, en marchant, dans l'ombre, doucement ils pleuraient de tendresse. Le sol, sous leurs pas, crissait de vitres brisées, et le pavé saignait. Autour de leur amour, la mort et la nuit étaient tapies. Mais au-dessus de leurs têtes, comme d'un cercle magique, au haut de l'embrasure des deux noires murailles de la rue resserrée, telle une cheminée, dans la pulpe du ciel battait le cœur d'une étoile…

Et voici ! Les voix des cloches chantent les lumières se rallument, et les rues se raniment ! L'air est libre d'ennemis. Paris respire. La mort a fui.

Ils étaient arrivés à la veille du dimanche des Rameaux. Chaque jour, pendant des heures, ils se voyaient ; et ils ne cherchaient même plus à se cacher. Ils n'avaient plus de comptes à rendre au monde. Par de si minces fils, si près de se rompre, ils y étaient attachés ! – Deux jours avant, la grande offensive allemande venait de commencer. Sur près de cent kilomètres, la vague déferlait. De continuelles émotions faisaient vibrer la ville : – l'explosion de la Courneuve, qui avait secoué Paris, comme un tremblement de terre ; les incessantes alertes, qui brisaient le sommeil et qui usaient les nerfs. Et ce matin du samedi, après une nuit troublée, tous ceux qui n'avaient pu fermer l'œil que très tard se réveillaient sous le grondement du mystérieux canon tapi dans le lointain, qui, au-delà de la Somme, ainsi que d'une autre planète, lançait la mort, en tâtonnant. Pendant les premiers coups qu'on attribuait à un retour des Gothas, on s'était docilement réfugié dans les caves ; mais un danger qui dure devient une habitude, dont la vie s'accommode ; et même, elle n'est pas loin d'y trouver un attrait, quand le risque est partagé et qu'il n'est pas trop grand. D'ailleurs, il faisait trop beau, c'était pitié de se terrer vivant : avant midi, tout le monde était dehors ; et les rues, les jardins, les terrasses des cafés, par cette après-midi radieuse et brûlante, avaient un air de fête.

Ce fut cette après-midi que Pierre et Luce avaient choisie pour aller, loin de la foule, dans les bois de Chaville. Ils vivaient depuis dix jours dans un calme exalté. Une paix profonde au cœur, et les nerfs frémissants. On a le sentiment d'être sur un îlot, autour duquel tourne un courant frénétique : le vertige de la vue et de l'ouïe vous emporte. Mais, les paupières baissées, les mains sur les oreilles, quand le verrou est poussé sur la porte, au fond de soi soudain c'est le silence, silence éblouissant, le jour d'été immobile, où la Joie invisible, tel un oiseau caché, chante son chant, liquide et frais, comme un ruisseau. Ô Joie ! chanteur magique, ramage du bonheur ! Je sais trop qu'il suffit d'une fente entre mes paupières, ou que mon doigt un moment cesse de peser sur l'oreille, pour que rentre l'écume et le bruit du courant. Frêle écluse ! De la savoir si frêle exalte encore la Joie, que je sais menacée. La paix et le silence même prennent un visage passionné !...

Arrivés dans les bois, ils se tinrent par la main. Les premiers jours de printemps sont un vin nouveau qui monte à la tête. Le jeune soleil enivre du jus de sa vigne tout pur. Sur les bois dépouillés encore, plane la lumière ; et à travers les branches nues, l'œil bleu du ciel fascine et endort la raison… À peine s'ils tentèrent d'échanger quelques mots. Leur langue se refusait à continuer la phrase commencée. Leurs jambes étaient molles et marchaient à regret. Sous le soleil et le silence des bois, ils chancelaient. La terre les attirait. Se coucher sur la route. Se laisser emporter sur la jante de la grande roue des mondes…

Ils grimpèrent sur le talus de la route, entrèrent dans un taillis et, sur les feuilles mortes où pointaient les violettes, côte à côte, ils s'étendirent. Les premiers chants d'oiseaux et l'ébrouement lointain du canon se mêlaient aux cloches des villages qui annonçaient la fête du lendemain. L'air lumineux vibrait d'espoir, de foi, d'amour, de mort. Malgré la solitude, ils parlaient à mi-voix. Leur cœur était oppressé : de bonheur ? ou de peine ? Ils n'auraient su le dire. Ils étaient submergés par le rêve. Luce, immobile, allongée, les bras le long du corps, les yeux ouverts, absorbés et regardant le ciel, sentait monter en elle une souffrance cachée que, depuis le matin, afin de ne pas troubler la joie de la journée, elle s'efforçait de chasser. Pierre posa la tête sur les genoux de Luce, dans le creux de sa robe, comme un enfant qui dort, la figure blottie contre la chaleur du ventre. Et Luce, sans parler, de ses mains caressait les oreilles, les yeux, le nez, les lèvres du bien-aimé. Chères mains spirituelles, qui, comme dans le conte de fées, semblaient avoir de petites bouches au bout des doigts ! Et Pierre, clavier intelligent, devinait, aux petites ondes qui couraient sous les doigts, les émotions qui passaient dans l'âme de l'amie. Il l'entendit soupirer, avant qu'elle eût soupiré. Luce s'était soulevée, le corps penché en avant, et, le souffle oppressé, elle gémit à mi-voix :

– Ô Pierre !

Pierre, saisi, la regardait.

– Ô Pierre ! Qu'est-ce que nous sommes ?… Qu'est-ce qu'on veut de nous ?… Qu'est-ce que nous voulons ?… Qu'est-ce qui se passe en nous ?… Ce canon, ces oiseaux, cette guerre, cet amour… ces mains, ce corps, ces yeux… Où est-ce que je suis ?… et qu'est-ce que je suis ? …

Pierre, qui ne lui connaissait pas cette expression d'égarement, voulut la prendre dans ses bras. Mais elle le repoussa :

– Non ! Non !…

Et, se cachant la figure dans les mains, elle s'enfonça la figure et les mains dans l'herbe, Pierre, bouleversé, suppliait :

– Luce !…

Il approcha la tête, tout près de celle de Luce.

– Luce ! répéta-t-il. Qu'as-tu ?… C'est contre moi ?…

Elle souleva la tête :

– Non !

Et il vit des larmes dans ses yeux.

– Tu as du chagrin ?

– Oui.

– Pourquoi ?

– Je ne sais pas.

– Dis-moi…

– Ah ! dit-elle, j'ai honte…

– Honte de quoi ?

– De tout.

Elle se tut.

Elle était, depuis le matin, hantée par une triste vision, pénible et dégradante : sa mère, affolée par le poison qui fermentait dans la promiscuité des usines de luxure et de meurtre, dans ces cuves humaines, ne gardait plus de retenue. Elle avait eu, chez elle, une scène de jalousie furieuse avec son amant, sans se soucier que sa fille l'entendît ; et Luce avait appris que sa mère était enceinte. Ç'avait été pour elle comme une flétrissure, dont elle était atteinte, dont l'amour tout entier, dont son amour pour Pierre était entaché. C'est pourquoi, lorsque Pierre s'était approché d'elle, elle l'avait repoussé : elle avait honte d'elle et de lui… Honte de lui ? Pauvre Pierre !…

Il restait là, humilié et n'osant plus bouger. Elle fut prise de remords, sourit au milieu de ses larmes, et appuyant sa tête sur les genoux de Pierre, elle dit :

– À mon tour !

Pierre, inquiet encore, lui pressait les cheveux, comme on caresse un chat. Il murmura :

– Luce, qu'est-ce que c'était ? Dis-moi !…

– Rien, dit-elle, j'ai vu des choses tristes.

Il était trop respectueux de ses secrets pour insister. Mais Luce reprit, un moment après :

– Ah ! il y a des instants… On a honte d'être des hommes…

Pierre tressaillit.

– Oui, dit-il.

Et après un silence, en se penchant, il dit tout bas :

– Pardon !

Luce se releva impétueusement, se jeta au cou de Pierre, en répétant :

– Pardon !

Et leurs bouches se prirent.

Les deux enfants avaient besoin de se consoler tous deux. Sans le dire tout haut, ils pensaient :

– Heureusement qu'on va mourir !… Le plus affreux serait de devenir un de ces hommes qui sont si fiers d'être hommes, de détruire, d'avilir…

Les lèvres touchant les lèvres, les cils frôlant les cils, ils plongeaient leur regard l'un dans l'autre, souriant, avec une tendre pitié. Et ils ne se lassaient pas de ce divin sentiment, qui est la forme la plus pure de l'amour. Enfin, ils s'arrachèrent à leur contemplation ; et Luce, avec des yeux rassérénés, revit la douceur du ciel, des arbres renaissants et du souffle des fleurs.

– Comme c'est beau ! dit-elle. Elle pensait :

– Pourquoi les choses sont-elles si belles ? Et nous, si pauvres, si médiocres, si laids !… (Si ce n'est toi, mon amour, si ce n'est toi !…)

Elle regarda de nouveau Pierre :

– Eh ! que me font les autres ?

Et, avec le magnifique illogisme de l'amour, elle éclata de rire, se releva d'un bond, courut dans le bois, et cria :

– Attrape-moi !

Ils jouèrent comme des enfants, tout le reste du jour. Et quand ils furent bien las, ils revinrent, à petits pas, vers la vallée pleine comme une corbeille des gerbes du soleil couchant. Tout leur paraissait neuf de ce qu'ils savouraient, avec un cœur pour deux, avec deux corps pour un.

Ils étaient cinq amis du même âge, réunis chez un d'eux, cinq jeunes camarades d'études, qu'une certaine conformité d'esprit, un premier tri de pensées, avait groupés, à part des autres. Et cependant, pas deux qui pensassent de même. Sous l'unanimité prétendue de quarante millions de Français, ils sont quarante millions de cerveaux qui restent chacun chez soi. La pensée de la France est pareille à sa terre, un pays de petites propriétés. De l'un à l'autre lopin, les cinq amis tentaient, par-dessus la baie, d'échanger leurs idées. Mais ils ne faisaient ainsi que se les affirmer plus impérativement, chacun pour soi. Tous, d'ailleurs, d'esprit libre, et sinon tous républicains, tous ennemis de la réaction intellectuelle ou sociale, du retour en arrière.

Jacques Sée était le plus enflammé pour la guerre. Ce jeune Juif généreux avait épousé toutes les passions d'esprit de la France. Par toute l'Europe, ses cousins en Israël épousaient, comme lui, la cause et les idées de leur patrie d'adoption. Même, ils avaient tendance, selon leur habitude en tout ce qu'ils adoptent, à l'exagération. Ce beau garçon, à la voix et au regard ardents et un peu lourds, aux traits réguliers, comme marqués d'un contour appuyé, était, dans ses convictions, plus affirmatif qu'il n'était nécessaire, et violent dans la contradiction. D'après lui, il s'agissait d'une croisade des démocraties pour délivrer les peuples et pour tuer la guerre. Quatre ans d'abattoir philanthropique ne l'avaient pas convaincu. Il était de ceux qui n'acceptent jamais le démenti des faits. Il avait un double orgueil, l'orgueil caché de sa race qu'il voulait réhabiliter, et son orgueil personnel qui voulait avoir raison. Il le voulait d'autant plus qu'il n'en était pas sûr. Son sincère idéalisme servait de paravent à d'exigeants instincts, trop longtemps comprimés, à un besoin d'action et d'aventures, qui n'était pas moins sincère.

Antoine Naudé, lui aussi, était pour la guerre. Mais c'était parce qu'il ne pouvait pas faire autrement. Ce bon gros jeune bourgeois, aux joues roses, placide et fin, qui avait le souffle court et qui roulait ses *r* avec la grâce mignarde des provinces du Centre, contemplait, d'un tranquille sourire, l'enthousiasme éloquent de l'ami Sée ; ou, d'un mot négligent, il savait, à l'occasion, le faire monter à l'arbre ; – mais le gros paresseux se gardait bien de l'y suivre ! À quoi bon s'emballer pour ou contre ce qui ne dépend pas de nous ? Ce n'est que dans les tragédies qu'on voit le conflit héroïque et bavard du devoir et du bon plaisir. Quand on n'a pas le choix, on fait son devoir, sans phrases. Il n'en est pas plus égayant ! Naudé n'admirait, ni ne récriminait. Le bon sens lui disait qu'une fois le train lancé et la guerre en mouvement, il fallait rouler avec : il n'y a pas d'autre parti. Quant à rechercher les responsabilités, c'était du temps perdu. Lorsque je suis obligé de me battre, cela me fait belle jambe de savoir que j'aurais pu ne pas me battre, si les choses avaient été... ce qu'elles n'ont pas été !

Les responsabilités ! Pour Bernard Saisset, elles étaient justement la question primordiale ; il s'acharnait à désenchevêtrer ce nœud de serpents ; ou plutôt, comme une petite Furie, il les brandissait au-dessus de sa tête. Frêle garçon, distingué, passionné, très nerveux, brûlé par une sensibilité cérébrale trop vive, de riche bourgeoisie, de vieille famille républicaine et qui avait eu part aux plus hautes charges de l'État, il professait, par réaction, des passions ultra-révolutionnaires. Il avait vu de trop près les maîtres du jour et leur séquelle. Il incriminait tous les gouvernements, – le sien, de préférence. Il ne parlait plus que de syndicalistes et de bolcheviki ; il venait de les découvrir et il fraternisait avec eux, comme s'il les eût connus depuis l'enfance. Sans trop savoir lequel, il ne voyait de remède que dans un bouleversement total de la société. Il haïssait la guerre ; mais il se fût sacrifié avec jouissance dans une guerre de classes, – une guerre contre sa classe, une guerre contre lui-même.

Le quatrième du groupe, Claude Puget, assistait à ces joutes de paroles, avec une attention froide et un peu dédaigneuse. De très petite bourgeoisie, pauvre, déraciné de sa province par un inspecteur de passage, qui avait remarqué son intelligence, privé prématurément de l'intimité de famille, ce boursier de lycée, habitué à ne compter que sur soi, à ne vivre qu'avec soi, ne vivait que de soi et pour soi. Philosophe égotiste, adonné aux analyses de l'âme, voluptueusement enfoncé dans son introspection, comme un gros chat roulé en boule, il ne s'émouvait pas de l'agitation des autres. Ces trois amis qui ne parvenaient pas à s'entendre, il les mettait dans le même sac, – avec le « populaire ». Tous trois ne dérogeaient-ils pas, en voulant partager les aspirations de la foule ? À vrai dire, pour chacun, la foule était différente. Mais la foule, quelle qu'elle fût, pour Puget, avait toujours tort. La foule était l'ennemi. L'esprit doit rester seul et suivre ses seules lois, et fonder, à l'écart du vulgaire et de l'État, le petit royaume fermé de la pensée.

Et Pierre, assis près de la fenêtre, regardait distraitement au dehors, et rêvait. D'ordinaire, il se mêlait avec passion à ces assauts juvéniles. Mais aujourd'hui, c'était pour lui un bourdonnement de paroles oiseuses, qu'il écoutait de si loin, de si loin ! dans un demi-engourdissement ennuyé et moqueur. Les autres, tout à leurs discussions, furent assez longtemps à remarquer son mutisme. Mais à la fin, Saisset, habitué à trouver en Pierre un écho de son bolchévisme verbal, s'étonna de ne l'entendre plus résonner, et il l'interpella.

Pierre, réveillé en sursaut, rougit, sourit, et dit :

– De quoi parlez-vous ?

Ils furent indignés.

– Mais tu n'as rien écouté ?

– À quoi pensais-tu donc ? lui demanda Naudé.

Pierre, un peu confus, un peu impertinent, répondit :

– Au printemps. Il est bien revenu sans votre permission. Il s'en ira sans nous.

Tous l'écrasèrent de leur dédain. Naudé le traita de « poète ». Et Jacques Sée, de « poseur ».

Seul, Puget le fixait avec curiosité et ironie, de ses yeux plissés aux prunelles froides. Et il dit :

– Fourmi volante :

– Quoi ? fit Pierre, amusé.

– Gare aux ailes ! dit Puget. C'est le vol nuptial. Il ne dure qu'une heure.

– La vie ne dure pas plus, dit Pierre.

En cette semaine de la Passion, ils se virent tous les jours. Pierre allait trouver Luce dans sa maison isolée. Le maigre jardin s'éveillait. Ils y passaient les après-midi. Ils avaient maintenant une antipathie pour Paris, pour la foule, pour la vie. Même, à certains moments, une paralysie morale les tenait en silence, immobiles, l'un près de l'autre, sans désir de bouger. Un sentiment étrange les travaillait tous deux. Ils avaient peur. Peur, à mesure que se rapprochait le jour où ils devaient se donner l'un à l'autre, – peur, par excès d'amour, par un épurement de l'âme, que les laideurs, les cruautés, les hontes de la vie effrayaient, et qui, dans une ivresse de passion et de mélancolie, rêvait d'en être délivrée. Ils ne s'en disaient rien.

La plupart de leur temps se passait à bavarder doucement de leur futur logis, de leurs travaux ensemble, de leur petit ménage. Ils arrangeaient d'avance, jusqu'au moindre détail de leur installation, les meubles, les papiers, la place de chaque objet. En vraie femme, l'évocation de ces tendres riens, des images intimes et familiales de la vie quotidienne, émouvait Luce quelquefois jusqu'aux larmes. Ils savouraient les exquises petites joies du foyer à venir… Ils savaient que rien de tout cela ne serait, – Pierre, par pressentiment de pessimisme natif, – Luce, par clairvoyance d'affection qui savait l'impossibilité pratique du mariage… C'est pourquoi ils se hâtaient de le goûter, en rêve. Et chacun cachait à l'autre sa certitude que ce ne serait qu'un rêve. Chacun croyait en avoir le secret, et veillait, attendri, sur l'illusion de l'autre.

Quand ils avaient épuisé les délices douloureuses de l'avenir impossible, ils étaient pris d'une fatigue, comme d'avoir vécu. Alors, ils se reposaient, assis sous la tonnelle aux lianes desséchées, dont le soleil fondait la sève gelée ; et, la tête de Pierre sur l'épaule de Luce, ils écoutaient en rêvant le bourdonnement de la terre. Sous les nuages qui passaient le jeune soleil de mars jouait à cache-cache, riait et disparaissait. Rayons clairs, sombres ombres sur la plaine couraient, comme en l'âme joie et peine.

– Luce, dit Pierre brusquement, est-ce que tu te ne rappelles pas ? … Il y a longtemps, longtemps… Déjà, on a été ainsi…

– Oui, dit Luce, c'est vrai. Tout, je reconnais tout… Mais où donc étions-nous ?

Ils s'amusèrent à chercher sous quelles formes ils s'étaient déjà connus. Hommes déjà ? Peut-être. Mais sûrement alors, la fille, c'était Pierre, et Luce était l'amant... Oiseaux dans l'air ? Quand elle était enfant, sa mère disait à Luce qu'elle était une petite oie sauvage, tombée par la cheminée : ah ! elle s'était bien cassé les ailes !... Mais où il leur plaisait surtout de se retrouver, c'était dans les fluides formes élémentaires, qui se pénètrent, s'enroulent, se déroulent, comme les volutes d'un rêve ou bien d'une fumée : nuages blancs qui se fondent dans le gouffre du ciel, petites vagues qui jouent, pluie sur la terre, rosée dans l'herbe, graines de pissenlit qui voguent au fil de l'air... Mais le vent les emporte. Pourvu qu'il ne se mette pas de nouveau à souffler, et que nous ne nous perdions plus pour toute l'éternité !...

Mais il dit :

– Moi, je crois qu'on ne s'est jamais quittés ; nous étions ensemble, ainsi qu'on est maintenant, couchés l'un contre l'autre : seulement, on dormait et on avait des rêves. Par instant, on s'éveille... À peine... Je sens ton souffle, ta joue contre la mienne... On fait un gros effort, nous rapprochons nos bouches... On retombe endormis... Chérie, chérie, je suis là, je tiens ta main, ne me lâche pas !... Maintenant, ce n'est pas tout à fait l'heure encore, le printemps montre à peine le bout de son nez glacé...

– Comme le tien, dit Luce.

– Bientôt, on se réveillera dans un beau jour d'été...

– On sera le beau jour d'été, dit Luce.

–... L'ombre chaude des tilleuls, le soleil entre les branches, les abeilles qui chantent...

–... La pêche à l'espalier et sa chair parfumée...

–... La sieste des moissonneurs et leurs gerbes dorées...

–... Les troupeaux paresseux qui ruminent leur pré...

–... Et le soir, au couchant, comme un étang fleuri, la lumière liquide qui court, au ras des champs...

–... On sera tout, dit Luce, tout ce qui sera bon et doux à voir et à avoir, à baiser, à manger, à toucher, à respirer... Le reste, on le leur laisse, fit-elle, en désignant la ville et ses fumées.

Elle rit, puis embrassant son ami, elle dit :

– Nous avons bien chanté notre petit duo. Dis, mon ami Pierrot ?

– Oui, Jessica, fit-il.

– Mon pauvre Pierrot, reprit-elle, nous n'étions pas trop bien faits pour ce monde, où on ne sait plus chanter que la *Marseillaise* !...

– Encore, si on savait la chanter ! dit Pierre.

– Nous nous sommes trompés de station, nous sommes descendus trop tôt.

– J'ai peur, dit Pierre, que la station suivante n'eût été encore pire. Nous vois-tu, ma chérie, dans la société de l'avenir, la ruche qu'on nous promet, où nul n'aura plus le droit de vivre que pour la reine-abeille, ou pour la république ?

– Pondre du matin au soir, comme une mitrailleuse, ou, du matin au soir, lécher les œufs des autres… Merci du choix ! dit Luce.

– Oh ! Luce, petite vilaine, comme tu parles laid ! dit Pierre qui riait.

– Oui, c'est très mal, je le sais. Je ne suis bonne à rien. Ni toi non plus, m'ami. Tu es aussi mal fait pour tuer ou estropier des hommes, à la guerre, que moi pour les recoudre, comme ces pauvres chevaux, quand ils sont éventrés aux courses de taureaux, afin qu'ils puissent servir à la prochaine échauffourée. Nous sommes des êtres inutiles, dangereux, qui ont la prétention ridicule, criminelle, de ne vivre que pour aimer ceux que nous aimons, mon petit amoureux, mes amis, les bonnes gens et les petits enfants, la bonne lumière du jour, aussi le bon pain blanc, et tout ce qui est beau et bon à me mettre sous la dent. C'est honteux, c'est honteux ! Rougis pour moi, Pierrot !… Mais nous serons bien punis ! Il n'y aura pas de place pour nous dans l'usine d'État, sans repos et sans trêve, que sera bientôt la terre… Heureusement que nous ne serons plus là !

– Oui, quel bonheur ! dit Pierre…

« Si je trespasse entre tes bras, ma Dame,
Je suis content : aussi ne veux-je avoir
Plus grand honneur au monde que me voir
En te baisant, dans ton sein rendre l'âme… »

– Eh bien, chéri mignon, en voilà une façon !

– Elle est pourtant à la bonne françoise. C'est de Ronsard, dit Pierre :

« … Je ne requiers sinon,
Après cent ans, sans gloire et sans renom,
Mourir oisif, en ton giron, Cassandre… »

– Cent ans ! soupira Luce, il n'est pas difficile !…

55

« Car je me trompe, ou c'est plus de bonheur
D'ainsi mourir que d'avoir tout l'honneur
D'un grand César, ou d'un foudre Alexandre. »

– Méchant, méchant, méchant petit polisson, est-ce que tu n'as pas honte ! En ce temps de héros !

– Ils sont trop, dit Pierre. J'aime mieux être un petit garçon qui aime, un petit d'homme.

– Un petit de femme, qui a encore aux lèvres le lait de mon sein, dit Luce, l'étreignant. Mon petit à moi !

Les survivants de ces jours qui ont, depuis, assisté au revirement éclatant de la fortune, auront sans doute oublié le lourd vol menaçant de l'aile sombre qui, dans cette semaine, couvrit l'Île-de-France et frôla Paris de son ombre. La joie ne tient plus compte des épreuves passées. – La ruée allemande atteignit la ligne de faîte, entre le Lundi Saint et le Mercredi Saint. La Somme traversée, Bapaume, Nesle, Guiscard, Roye, Noyon, Albert, enlevés. Onze cents canons conquis. Soixante mille prisonniers... Symbole de la terre de grâce piétinée, le Mardi Saint mourut l'harmonieux Debussy. La lyre qui se brise... « Pauvre petite Grèce expirante !... » Que resterait-il de lui ? Quelques vases ciselés, quelques stèles parfaites, que l'herbe envahira de la Voie des Tombeaux. Vestiges immortels de l'Athènes ruinée...

Pierre et Luce voyaient, comme du haut d'une colline, l'ombre qui venait sur la ville. Encore enveloppés des rayons de leur amour, ils attendaient sans peur la fin de la brève journée. Ils seraient deux maintenant, dans la nuit. Tel l'Angelus du soir, montait vers eux, évoquée, la voluptueuse mélancolie des beaux accords de Debussy, qu'ils avaient tant aimé. Plus qu'elle ne l'avait fait en aucun autre temps, la musique répondait au besoin de leurs cœurs. Elle était le seul art qui fût la voix de l'âme délivrée, derrière le rideau des formes.

Le Jeudi Saint, ils allaient, Luce au bras de Pierre et lui tenant la main, par les chemins de banlieue, trempés par la pluie. Des coups de vent passaient sur la plaine mouillée. Ils ne remarquaient ni la pluie, ni le vent, ni la laideur des champs, ni la route boueuse. Sur le mur bas d'un parc, dont un pan s'était récemment éboulé, ils s'assirent. Sous le parapluie de Pierre, qui protégeait à peine la tête et les épaules, Luce, les jambes pendantes, les mains mouillées, son caoutchouc trempé, regardait l'eau s'égoutter. Quand le vent remuait les branches, une petite mitraille de gouttes faisait : « clop ! clop ! ». Luce était silencieuse, souriante, tranquillement illuminée. Une joie profonde les baignait.

– Pourquoi cst-cc qu'on s'aime tant ? dit Pierre.

– Ah ! Pierre, tu ne m'aimes pas tant, si tu demandes pourquoi.

– Je te le demande, dit Pierre, afin de te faire dire ce que je sais aussi bien que toi.

– Tu veux que je te fasse des compliments, dit Luce. Mais tu seras bien attrapé. Car si tu sais pourquoi je t'aime, moi, je ne le sais pas.

– Tu ne le sais pas ? fit Pierre, consterné.

– Mais non ! (Elle riait sous cape.) Et je n'ai pas besoin du tout de le savoir. Quand on se demande pourquoi une chose, c'est qu'on n'en est pas sûr, c'est qu'elle n'est pas bonne. Maintenant que j'aime, plus de pourquoi ! Plus de où, de quand, de car, ni de comment ! Mon amour est, mon amour est. Le reste existe, s'il lui plaît.

Leurs visages se baisèrent. La pluie en profita, se glissant sous le parapluie maladroit, pour frôler de ses doigts leurs cheveux et leurs joues ; ils burent entre leurs lèvres une petite goutte froide.

Pierre dit :

– Mais les autres ?

– Quels autres ? dit Luce.

– Les pauvres, répondit Pierre. Tous ceux qui ne sont pas nous ?

– Qu'ils fassent comme nous ! Qu'ils aiment !

– Et être aimés ! Luce, tout le monde ne le peut pas.

– Mais si !

– Mais non. Tu ne sais pas le prix du don que tu m'as fait.

– Donner son cœur à l'amour, ses lèvres à l'aimé, c'est donner ses yeux à la lumière : ce n'est pas donner, c'est prendre.

– Il y a des aveugles.

– Nous ne les guérirons pas, Pierrot. Voyons, pour eux !

Pierre restait silencieux.

– À quoi penses-tu ? dit Luce.

– Je pense qu'en ce jour, bien loin de nous, bien près, souffrit la Passion Celui qui vint sur terre pour guérir les aveugles.

Luce lui prit la main :

– Est-ce que tu crois en Lui ?

– Non, Luce, je ne crois plus. Mais il reste un ami toujours pour ceux qu'il a reçus, une fois à sa table. Et toi, le connais-tu ?

– À peine, répondit Luce. On ne m'en parlait jamais. Mais, sans le connaître, je l'aime… Car je sais qu'il aimait.

– Pas comme nous.

– Pourquoi pas ? Nous, nous avons un pauvre petit cœur, qui ne sait aimer que toi, mon amour. Lui, il nous aimait tous. Mais c'est toujours le même amour.

– Veux-tu que nous allions demain, demanda Pierre ému, pour sa mort ?… On m'a dit qu'à Saint-Gervais on fera de belle musique !…

– Oui, j'aimerais bien aller avec toi, à l'église, en ce jour. Il nous fera ben accueil, je suis sûre. En étant plus près de lui, on est plus près l'un de l'autre.

Ils se taisent… Pluie. Pluie. Pluie. La pluie tombe. Le soir tombe.

– À cette heure, demain, dit-elle, nous serons là-bas.

Le brouillard pénétrait. Elle eut un petit frisson.

– Chérie, tu n'as pas froid ? demanda-t-il, inquiet.

Elle se leva :

– Non, non. Tout m'est amour. J'aime tout, et tout m'aime. La pluie m'aime, le vent m'aime, le ciel gris et le froid, – et mon petit bien-aimé.

Le ciel resta tendu, pour le Vendredi Saint, de ses longs voiles gris ; mais l'air était doux et calme. Dans les rues on voyait des fleurs, jonquilles, giroflées. Pierre en prit quelques-unes, qu'elle garda à la main. Ils suivirent le paisible quai des Orfèvres et passèrent au pied de la pure Notre-Dame. Le charme de la Cité, vêtue de lumière discrète, les entourait de sa noble douceur. Sur la place Saint-Gervais, des pigeons s'envolèrent sous leurs pieds. Ils les suivirent des yeux, autour de la façade ; sur la tête d'une statue, un des oiseaux se posa. Au haut des marches du parvis, comme ils allaient entrer, Luce se retourna, et vit, à quelques pas, au milieu de la foule, une fillette rousse, d'une douzaine d'années, adossée au portail, les deux bras levés au-dessus de la tête, et qui la regardait. Elle avait une figure fine et un peu archaïque de petite statue de cathédrale, avec un sourire d'énigme, mignard, spirituel et tendre. Luce lui sourit aussi, en la montrant à Pierre. Mais le regard de la fillette passait par-dessus elle, et soudain s'effara. Et l'enfant, se cachant le visage dans les mains, disparut :

– Qu'a-t-elle ? demanda Luce.

Mais Pierre ne regardait pas.

Ils entrèrent. Au-dessus de leurs têtes, le pigeon roucoulait. Dernier bruit du dehors. Les voix de Paris s'éteignirent. L'air libre s'effaça. Les nappes d'orgue, les grandes voûtes, le rideau de pierres et de sons, les séparèrent du monde.

Ils s'installèrent dans un des bas-côtés, entre la seconde et la troisième chapelle, à gauche en entrant. Dans l'encoignure d'un pilier, tous deux ils se blottirent, assis sur des marches, cachés au reste de la foule. Tournant le dos au chœur, ils voyaient, en levant les yeux, le faîte de l'autel, la croix et les vitraux d'une chapelle latérale. Les beaux chants anciens pleuraient leur pieuse mélancolie. Ils se tenaient la main, les deux petits païens, devant le grand Ami, dans l'église en deuil. Et tous deux, en même temps, à voix basse, murmuraient :

– Grand Ami, devant toi, je le prends, je la prends. Unis-nous ! Tu vois nos cœurs.

Et leurs doigts restèrent joints, entrelacés ensemble, comme les pailles d'une corbeille. Ils étaient une seule chair, que les ondes de musique parcouraient de leurs frissons. Ils se mirent à rêver, ainsi que dans le même lit.

Luce revoyait en pensée la fillette rousse. Et voici qu'il lui sembla se rappeler qu'elle l'avait déjà vue en rêve, la nuit dernière. Elle ne parvenait pas à savoir si c'était vraiment vrai, ou si elle projetait sa vision d'à présent dans le sommeil passé. Puis, lasse de cet effort, sa pensée se laissa flotter.

Pierre songeait aux jours de sa vie brève écoulée. L'alouette qui s'élève de la plaine embrumée, pour chercher le soleil... Qu'il est loin ! Qu'il est haut ! L'atteindra-t-on jamais ?... Le brouillard s'épaissit. Il n'y a plus de terre, il n'y a plus de cieux. Et les forces se brisent... Soudain, comme ruisselait sous la voûte du chœur une vocalise grégorienne, jaillit le chant jubilant, et des ombres émerge le petit corps transi de l'alouette, qui vogue sur la mer du soleil sans rivages...

Une pression de leurs doigts leur rappela qu'ils voguaient ensemble. Et ils se retrouvèrent dans l'ombre de l'église, étroitement serrés, écoutant les beaux chants ; leurs cœurs, fondus d'amour, touchaient aux cimes de la joie la plus pure. Et tous deux, ardemment, ils souhaitèrent – ils prièrent – de n'en plus jamais descendre.

À ce moment, Luce, qui venait de baiser d'un regard passionné son cher petit compagnon, – (les yeux à demi clos et les lèvres entrouvertes, il paraissait perdu dans une extase de bonheur, et il levait la tête, par un élan de joie reconnaissante, vers cette Force suprême qu'on cherche instinctivement en haut) – Luce, avec saisissement, vit, dans le vitrail rouge et doré de la chapelle, la figure de l'enfant rousse du parvis qui souriait. Et comme elle restait muette, glacée d'étonnement, elle vit, de nouveau, sur l'étrange visage, la même expression d'effroi et de pitié.

Et dans le même instant, le gros pilier auquel ils étaient adossés remua ; et, jusque dans sa base, l'église entière trembla. Et Luce, dont les battements de cœur étouffaient en elle le bruit de l'explosion et les cris de la foule, se jeta, sans avoir le temps de craindre ou de souffrir, se jeta, pour le couvrir de son corps, comme une poule ses petits, sur Pierre qui, les yeux fermés, souriait de bonheur. D'un mouvement maternel, elle serra de toutes ses forces la chère tête contre son sein ; et, repliée sur lui, la bouche sur sa nuque, ils se faisaient tout petits.

61

Et le pilier massif, sur eux d'un coup, croula.

Août 1918